書下ろし

長編時代小説

鬼、群れる

闇の用心棒

鳥羽　亮

JN282302

祥伝社文庫

目次

第一章　相対死《あいたいじに》　7
第二章　刺　客　56
第三章　伏魔殿《ふくまでん》　115
第四章　囮《おとり》　161
第五章　鬼の群れ　207
第六章　襲　撃　258

第一章　相対死《あいたいじに》

1

本所横網町《ほんじよよこあみちよう》。大川の桟橋《さんばし》に数艘の猪牙舟《ちよきぶね》が舫《もや》ってあった。明け六ツ（午前六時）の鐘が鳴ったばかりで、辺りに人影はなかった。日中は猪牙舟や屋根船などが賑《にぎ》やかに行き交っている川面《かわも》も、いまは船影がまばらである。

晴天だった。対岸にひろがる浅草《あさくさ》の家並が、朝陽を浴びて淡い蜜柑《みかん》色に染まっていた。川岸につづく浅草御蔵《おくら》の米蔵や首尾《しゆび》の松、御厩河岸《おうまやがし》の渡し場に舫ってある幾艘もの猪牙舟などが川面の波の起伏の先に見えている。

茂助《もすけ》は猪牙舟を出そうと思い、岸辺から桟橋につづく短い石段を下りていった。小脇に船底に敷く茣蓙《ござ》をかかえている。茂助は横網町にある船宿、瀬崎屋《せざきや》の船頭だった。昨夜、飲み過ぎて帰れなくなった客に、今朝、日本橋《にほんばし》の行徳《ぎようとく》河岸まで送ってくれと頼まれ、舟を出す準備をしに来たのである。

浅瀬に杭《くい》を打ち、厚板を渡しただけのちいさな桟橋で、舫ってある舟は茂助の勤める船宿と、やはり横網町にある干鰯《ほしか》や魚油を扱う太田屋《おおたや》という油問屋の持ち舟だけだった。

桟橋に下りると、杭を打つ流れの音や猪牙舟の底を打つ波の音などが、茂助をつつむように聞こえてきた。その聞き慣れた音が、さわやかな晴天のせいもあって茂助の耳には快くひびいた。

茂助は瀬崎屋の持ち舟に乗り移ろうとして船縁《ふなべり》に手をかけた。ふと、川面を見ると、桟橋の杭に何か赤い物がひっかかっている。

何だろう、と思って水底を覗《のぞ》くと、水中で揺れている赤い着物と青白い女の顔が見えた。ざんばら髪が黒い藻《も》のように揺れ、ひらいた口から白い歯が覗いていた。女の目が、水底からうらめしそうに茂助を見上げている。

——土左衛門《どざえもん》だ！

一瞬、茂助の顔がこわばった。

船頭の茂助が溺《でき》死体を見ることなどめずらしいことではなかったが、水中で揺れている女の水死体は、茂助の肝を冷やすほど不気味であった。

四ツ（午前十時）ごろ、桟橋には大勢の人が集まっていた。茂助、瀬崎屋や太田屋の奉公人、通りすがりのぼてふりや出職の職人などに混じって、岡っ引きと八丁堀《はっちょうぼり》同心の姿もあった。

八丁堀同心は北町奉行所、定廻りの島岡泰次郎《しまおかやすじろう》。岡っ引きは本所を縄張りにしている泉造《せんぞう》以下、数人が集まっていた。そうした町方の足元に、水中から引き揚げられたふたつの死体があった。

茂助が桟橋から覗いたとき、まず目に入ったのは女の死体だったが、その死体のすぐ脇の舫い杭に男の死体もひっかかっていたのである。

「相対死《あいたいじに》だな」

島岡が仏頂面《ぶっちょうづら》をして言った。四十がらみ、面長《おもなが》で目の細い、狐《きつね》のような顔をした男である。

「うらめしそうな顔をしてるじゃァねえか」

死体の女は仰臥《ぎょうが》していた。白蠟《はくろう》のような肌をし、虚《うつ》ろな目がうらめしそうに初夏の蒼天を見上げている。

衣装は、白地の襦袢《じゆばん》に茶地に桜、紅葉《もみじ》などを散らした裾模様の小袖。帯は水中で解けて流されたものであろうか、赤い扱《しご》きだけが腹部に残っていた。着物は濡れてめくれ上がり、白い太腿までがあらわになっている。

髷《まげ》がくずれ、帯や櫛《くし》、簪《かんざし》も残っていないので、町人の娘か武家の娘かはっきりしないが、上物の衣装から富裕な家の娘らしいことは分かった。

その胸部に刺し傷があり、着物が血で赤黒く染まっていた。他に傷はないし、水を多量に飲んでいる様子もないので、胸の傷で命を奪われたとみていいようだ。

男の方は武士であろうか。羽織袴姿で、小刀の鞘《さや》だけ腰に残っていた。年の頃は二十代半ば、鼻筋の通った端整な顔立ちの若侍だった。娘と同じように胸に刺し傷があり、着物が赤黒く染まっている。ただ、右の手首にも傷があり、魚肉を切りひらいたように肉がめくれていた。傷口に血の色がないのは、川の流れに洗われたからであろう。

ふたりは、左手首を赤い扱きで結び合っていた。そのためもあって、ふたりは離れずに同じ桟橋の杭にひっかかったらしい。

「ふたりで、胸を突きあったのかもしれねえな」

島岡が、つぶやくような声で言った。

だれの目にも、ふたりが上流の桟橋か橋の上で胸を突き合い、川へ身を投じたか、何かの拍子に落ちたかして桟橋に流れ着いたように見えるだろう。

「だれか、ふたりのことを知ってる者はいねえか」

島岡が首を伸ばし、まわりに集まった男たちに声をかけた。

気乗りのしない声だった。無理もない。相対死ということであれば、探索の必要はないし、かりに相対死を装った殺人であったとしても、下手人が幕臣か藩士ということになれば、町方の支配外で捕縛《ほばく》もむずかしくなるのだ。

「この娘、見覚えがありやすぜ」

藤十《とうじゅう》という老練の岡っ引きが言った。

「だれでえ」

「室町《むろまち》の呉服屋、越前屋《えちぜんや》の娘のような気がしやす」

「ほう、越前屋のな」

越前屋は日本橋室町の表通りに、土蔵造りの店舗を構える呉服屋の大店《おおだな》だった。奉公人は、三、四十人いるはずである。

「それで、武家の方は」

島岡が訊《き》いた。

「男の方は分からねえ」

藤十が首をひねった。

「それにしても、越前屋の娘が武家と相対死ってえのも妙だな」

島岡の目がひかっていた。相対死とはちがう事件の匂いを嗅《か》いだのか、やり手の八丁堀同心らしい、ひきしまった顔になっている。

「だれか、ひとっ走りして、越前屋へ知らせてこい」

島岡が声を上げると、若い下っ引きが人混みを分けて駆けだした。

「この場につっ立ってたって、埒《らち》が明かねえ。川沿いを川上にたどって歩いてみろ。相対死なら何か残ってるはずだ」

島岡はふたりが相手の胸を突き合った後に川へ落ちたのなら、ふたりの遣《つか》った刃物や履《は》き物などが残されていると踏んだのである。

「へい」

と応えて、島岡のそばにいた数人の岡っ引きが、足早にその場を離れた。

2

安田平兵衛《やすだへいべえ》は、研《と》ぎ桶《おけ》から手で水をすくって砥石《といし》の上に垂《た》らした。伊予砥《いよと》と呼ばれる伊予から産出される砥石で、刀身の錆《さび》落としをしていたのだ。

砥面に刀身を当て、右手を添えて力を込めて押す。すると、ひと押しごとに赤茶けた錆が砥面にひろがり、刀身の地肌があらわれてくる。

平兵衛は刀の研ぎ師だった。歳は五十七。鬢《びん》は白髪交じりで、顔には老人特有の肝斑《しみ》も浮いていた。まだ老人という歳でもなかったが、小柄な体の背は丸まり、いかにも頼りなげな老爺《ろうや》に見える。

それに、研ぎ師といっても無名で、仕事場は八畳一間しかない長屋の座敷である。座敷の一角を三畳ほど屏風《びょうぶ》でくぎって板敷きにし、そこを研ぎ場にしていた。

いま、研いでいるのは無銘刀で、近所に住む安藤《あんどう》という微禄《びろく》の御家人の依頼であった。鈍刀《なまくら》だが、このまま錆びさせて捨てるのは惜しい、と言って、研ぎを頼んだのだ。そうした刀であったからこそ、平兵衛のような無名の研ぎ師に依頼したのであろう。

そのとき、戸口の方で慌《あわ》ただしい下駄の音がし、腰高障子《こしだか》があいた。顔を出したのはまゆみである。

「父上、大川で死人が揚がったそうですよ」

まゆみが、戸口で声をかけた。

まゆみは十七歳、平兵衛のひとり娘である。幼いときから武家の娘として育てられたために、長屋暮らしがつづくようになってからも武家の言葉遣いのままである。

平兵衛の妻のおよしが十年ほど前に病死してから、父と娘のふたり暮らしがつづいていた。

「そうか」

平兵衛は刀身を脇に置いて立ち上がったが、気のない返事をした。

大川で死体が揚がることなどめずらしいことではなかった。事故による溺死、身投げ、相対死、病死者の投棄、殺し……。江戸の河川で発見される死体は多い。町方も、引き揚げられた死体が殺しでなければ、まともに検屍もやらないほどである。

「ふたりも、死んでるらしいの。おしまさんが、相対死らしいって言ってたわ」

おしまは、同じ長屋に住むまゆみと同じ年頃の娘で、口から生まれてきたのかと思うほどのおしゃべりである。

「何があったか知らぬが、死んでしまったら、何もかもおしまいだろうにな」

そう言うと、平兵衛は、アアアッと声を上げ、両腕を突き上げて伸びをした。研ぎ疲れて、肩が凝《こ》っていたのである。

「それが、お侍のようですよ」

「侍だと。……牢人《ろうにん》か」

平兵衛は興味を持った。町人の男女ならともかく、武士が相対死で大川に身を投げることはめずらしかったのだ。

「それが、身分のありそうなお侍だと言ってたけど……」

まゆみは、首をひねった。はっきりしたことは分からないのであろう。

「場所はどこだ」

「横網町の大川端らしいですよ」

「近いな。様子を見てくるか」

平兵衛の住む庄助《しょうすけ》長屋は本所相生町《あいおいちょう》にあった。回向院《えこういん》の脇を通って大川端へ出れば、横網町まですぐである。それに、平兵衛は根をつめて研いでいたので、すこし足腰を伸ばしたかったのだ。

「父上、陽射しが強いですから、霍乱《かくらん》でも起こさないようにしてくださいよ」

戸口から出て行く平兵衛の背に、まゆみが声をかけた。

「わしは、子供ではないぞ」

平兵衛は苦笑いを浮かべながら後ろ手に障子をしめた。

近頃、まゆみは平兵衛に対して女房のような口をきくことがあった。死んだ母親に代わって家事いっさいを引き受け、家の切り盛りをしている自負がそうした物言いになっているのであろう。——子供だと思っていた娘が、いつの間にか、わしの体を気遣うようになったわい。

平兵衛の胸に、安堵《あんど》と寂《さび》しさの入り交じったような気持ちが湧いてきた。

ただ、まゆみは年頃であった。平兵衛としては、まゆみが父親のことを気遣ってくれるのは嬉しいが、いつまでも家に引きとめておくことはできないと思っていた。早く父親から離れ、相応《ふさわ》しい相手を見つけて所帯を持って欲しかったのである。

平兵衛は、まゆみや己《おのれ》の行く末をあれこれ考えながら竪川《たてかわ》沿いの道を歩いていた。紺の筒袖にかるさん、丸腰でとぼとぼと歩いていく姿は、いかにも頼りなげな老爺である。ただ、意外に腕や首が太く、腰もどっしりとしていた。武芸に心得のある者がみれば、若いころ、武芸で鍛《きた》えた体であることは分かっただろう。

平兵衛は表向き研ぎ師として暮らしていたが、その実金ずくで人を斬る殺し人であった。

横網町の桟橋の前に人だかりができていた。近所の住人らしい男たちに混じって、女子供の姿もあった。

平兵衛は人垣の肩越しに桟橋を覗いてみた。そこにも、男たちが集まっていた。船頭や岡っ引き、八丁堀同心の姿もあった。その男たちの足元に、男女の死体が横たわっていた。まゆみが言っていたように、男は武家らしく羽織袴姿だった。胸にどす黒い血の色がある。相対死なら、刃物で胸を突き合ったのであろう。

――腕にも、傷があるようだが。

平兵衛は横たわった男の右の手首に傷らしい痕《あと》があるのを目にした。ただ、遠方ではっきりしなかった。大川を流されているとき、傷ついたのかもしれない。

「ちょっと、すまんな」

平兵衛は声をかけて、立っている船頭らしい男の前に出た。手首の傷が気になったのである。

桟橋につづく石段の前まで出ると、横たわっている武士の右手首がはっきりと見えた。刀傷である。

――籠手《こて》か！

平兵衛は、籠手に斬り込んできた敵刃を受けたのではないかと思った。平兵衛は刀傷から敵の太刀筋を看破する目を持っていたが、遠方のため敵の太刀筋までは読めなかった。

若いころ、平兵衛は金剛流《こんごうりゅう》という剣術を修行し、その妙手を会得していた。金剛流は富田《とだ》流小太刀の流れをくむ流派で、小太刀から剣、槍、薙刀《なぎなた》までふくんだ総合武術を教授していた。そのためもあって、平兵衛の剣術は小太刀はむろんのこと槍や薙刀などの動きも取り入れた実戦的なものであった。

——相対死では、ないかもしれぬ。

武士が籠手を斬られているということは、何者かと戦った証左ではないか、と平兵衛は思ったのだ。

そのとき、前をあげてくれ、という男の声が聞こえ、背後でざわめきが起こった。見ると、人垣が左右に割れて、数人の男が小走りに近付いてくる。

町方の手先らしい男の後ろに、商人らしい男が三人いた。五十がらみで、唐桟《とうざん》の羽織に細縞の小袖姿。いかにも大店の旦那《だんな》ふうの男の後ろに、番頭と手代と思われるふたりが跟《つ》いてきた。三人とも顔が蒼ざめている。

平兵衛は慌てて後ろへ下がった。その前を、男たちが喘《あえ》ぎながら通り過ぎ、石段を下りていった。

平兵衛の背後の人垣のなかから、越前屋の旦那だよ、室町の呉服屋かい、死んでる娘の親らしいよ、などという囁《ささや》きが聞こえた。どうやら、死んでいる女は、室町の呉服屋、越前屋の娘らしい。

——それにしても、武家と商家の娘がいっしょに死ぬとは、妙な組み合わせだな。

と、平兵衛は思った。

相対死を装《よそお》った殺しかもしれぬ、との思いが平兵衛の脳裏によぎったが、すぐに打ち消した。すこし勘繰り過ぎだと思ったし、それに町方ではないのだから、たとえ殺しであっても平兵衛にはかかわりないことであった。

越前屋の主人は、島岡に何か言われた後、桟橋に横たわっている娘のそばに行くと、悲鳴のような叫び声を上げ、がっくりと両膝を折って死体を抱きかかえた。額を娘の肩先に押し付けるようにして、低い嗚咽《おえつ》を洩らし始めた。桟橋に集まった男たちの視線が、越前屋の主人の背に集まっている。

——親だな。

そうつぶやいて、平兵衛が人垣の後ろへ下がろうとしたとき、背後に近付いてきた人の気配を感じた。

振り返ると、片桐右京《かたぎりうきょう》が立っていた。

3

「安田さんも、来てましたか」

右京が口元に微笑を浮かべて言った。

右京は二十代半《なか》ば、色白で端整な顔立ちの若侍である。御家人の次男坊だが、いまは家を出て牢人暮らしをしていた。

右京は若いが鏡新明智流《きようしんめいちりゆう》の遣い手であった。表向きは、家からの合力で食っていることになっていたが、その実、平兵衛と同じ殺し人である。

右京の顔には、憂《うれ》いをふくんだ暗い翳《かげ》が張り付いていた。右京には、許嫁《いいなずけ》を斬殺された忌《い》まわしい過去があった。そうした過去と人を殺して生きる稼業が、暗い翳を生んでいるのかもしれない。

「片桐さん、どうしてここへ」

平兵衛は、人垣の後ろへ出てから訊いた。

「安田さんに話があって来たのですが、相生町へ行く途中、ここで武家と町娘が相対死にしてると耳にしたもので」

右京が小声で言った。

「ともかく、長屋へ行こうか。まゆみに茶でも淹《い》れてもらおう」

平兵衛は歩きだした。右京は黙って跟《つ》いてくる。

大川端から離れ、回向院の脇の道まで来たとき、

「死んでたひとりは、越前屋の娘らしいな」

平兵衛は、相対死とは言わなかった。胸の内に、相対死ではないかもしれないという思いがあったからである。

「名は、お藤《ふじ》というらしいですよ」

どうやら、右京は娘の名まで耳にしたらしい。

「武士の名は」

平兵衛が訊いた。

「そこまでは、知りません」

「武士の右手に、刀傷があったのを見たかな」

「見ましたよ。武士は籠手を斬られ、刀を取り落とした後、二の太刀で胸を突かれたのかもしれませんね」

右京は涼しい顔で言った。やはり、右京も武士は籠手を何者かに斬られたと見たよ

うである。さらに、右京は武士が敵の二の太刀で胸を突かれたとまで言い切ったのである。

「すると、ふたりは相対死ではないとみたわけだな」

「ええ、ですが、われわれには、かかわりはありません。町方の仕事ですから」

「もっともだ」

それからふたりは、いっとき無言のまま歩いた。

「ところで、わしに何か用かな」

平兵衛が、思い付いたように訊いた。

「用というほどのことはないのですが、ちかごろ、ふところが寂しくなってきましてね。元締《もとじめ》から、何か話はないかと思いまして」

元締というのは殺し人の元締のことで、深川吉永町《ふかがわよしながちょう》に住む島蔵《しまぞう》という男である。

「わしのところに話はないが……。極楽屋《ごくらくや》へ行ってみたらどうかな」

極楽屋は、島蔵がひらいている一膳めし屋だった。むろん、一膳めし屋のあるじは、殺しの稼業を隠すための表の顔である。

「そうですね、ちかいうちに行ってみましょう」

右京は、他人事《ひとごと》のような物言いをした。金がないのも、そう切羽詰まった話ではないらしい。それに、右京はあまり金に頓着《とんちゃく》しないところがあった。なければ、平気で差料を質に入れるし、いよいよ食えなくなれば、極楽屋に入り浸ってただめしにありついていることもあった。

そんな話をしているうちに、ふたりは庄助長屋につづく路地木戸の前まで来ていた。

「まァ、入ってくれ」

「お邪魔します」

これ以上、話もないようだったが、右京は長屋に立ち寄るつもりのようだ。

腰高障子のそばまで来ると、流し場で水を使う音がした。まゆみが、洗い物でもしているらしい。

平兵衛は障子をあけて敷居をまたぐと、

「まゆみ、片桐さんをお連れしたぞ」

と、声をかけた。

まゆみが、驚いたように振り向いた。そして、目の前に立っている右京と目が合うと、その顔がぽっと朱に染まった。

「い、いらっしゃい、片桐さま……」

まゆみは声をつまらせ、慌てて濡れた手を前だれで拭《ふ》いた。突然、右京と顔を合わせてうろたえている。

まゆみは、ときおり顔を出す右京を慕《した》っていたが、胸の内にひめたままで口には出さなかった。

「通りでばったり安田さんとお会いしましてね。刀の話でもしようかと、寄らせてもらったのです」

右京は平兵衛を訪ねて来たことも、大川端で男女の死体を見てきたことも口にしなかった。

右京は御家人で刀槍の蒐集家《しゆうしゆうか》という触れ込みで、平兵衛の家に出入りしていて、まゆみもそれを信じていた。まゆみは、父親の平兵衛が凄腕の殺し人だとは思いもしなかったし、右京のことも刀談義の好きな御家人と思い込んでいたのだ。

「永山堂《えいさんどう》に、虎徹《こてつ》の業物《わざもの》が入ったと聞きましてね。目の保養に安田さんと見に行こうかと思いまして、寄らせてもらったのです」

右京がもっともらしく言った。

永山堂は、日本橋にある刀屋である。平兵衛は、まれに永山堂からの依頼で刀を研ぐこともあり、まゆみも永山堂の名は知っていた。

虎徹は名工で、当代一の人気鍛冶《かじ》でもあった。右京は名を知っているだけで、手にしたこともないだろう。

「虎徹なら、わしも見たいものだが、いま研ぎかけの刀を終えたらにしよう。……まゆみ、片桐さんに茶を淹れてくれんか」

平兵衛が流し場の前で、もじもじしているまゆみに声をかけた。

「は、はい、すぐに湯を沸《わ》かします」

そう言って、まゆみが土間の隅の竈《へっつい》の前に屈《かが》み込んだ。どうやら、焚《た》き付けて湯を沸かすつもりらしい。

「まゆみどの、茶より、水を一杯いただけませんか。陽射しの下を歩いてきたもので、茶より水がよいのですが」

右京は、これから湯を沸かして茶を淹れさせるのでは、申し訳ないと思ったらしい。

「わしも、茶より水がいいな」

平兵衛も右京に合わせた。

「すぐに、冷たい水を井戸で汲《く》んできます」

そう言うと、まゆみは流し場の隅にあった手桶を持って、男たちの前から逃げるように外へ出た。右京の前にいるのが恥ずかしかったらしい。

いっときすると、まゆみが水を汲んでもどってきた。湯飲みに汲みたての水をついで右京と平兵衛に渡すと、まゆみは平兵衛の背後に身を隠すように座った。

「うまい」

右京は目を細めて湯飲みをかたむけた。世辞ではなく本当にうまかったらしく、右京は湯飲みの水を喉《のど》を鳴らして飲んだ。

「この長屋の水はおいしいですね」

右京は前に目をやったまま言った。

「はい、冷たい水で夏場はとくにおいしいです」

まゆみが、小声で答えた。

ふたりが交わした会話はそれだけである。それ以上話題もなく、右京は平兵衛と小半刻（三十分）ほど、刀談義をしてから腰を上げた。

「手があいたら、永山堂へ虎徹を見に行きましょう」

そう言い残して、右京は戸口から出ていった。

平兵衛は遠ざかっていく右京の姿を見送りながら、あの男、まゆみに逢いに来たのかもしれぬ、と胸の内でつぶやいた。

4

極楽屋は、仙台堀《せんだいぼり》にかかる要橋《かなめばし》を渡った先にあった。三方を掘割や寺院の杜《もり》などにかこまれ、こんな寂しい地に一膳めし屋があるのか、といぶかるほどの寂しい地に建っていた。

極楽屋は奥行きがやけに長い平屋造りで、店先に縄暖簾《なわのれん》が下がっていた。店先まで行けば、食い物の匂いや男の濁声《だみごえ》などが聞こえてくるので一膳めし屋と分かるが、遠方からだと何をしている家か見当もつかないだろう。

極楽屋のあるじの島蔵は、一膳めし屋をいとなむかたわら口入れ屋も兼ねていた。口入れ屋は下男下女、中間《ちゆうげん》などの斡旋《あつせん》業だが、極楽屋はただの口入れ屋ではなかった。島蔵はまともな男なら嫌がる普請場の日雇い、借金取り、用心棒など命をまとにするような危ない仕事を斡旋していた。

当然真っ当な男は集まらないため、働き場のない無宿者、凶状持ち、家出人など、まともな仕事にはつけない男たちにそうした仕事を斡旋していた。しかも、島蔵は塒《ねぐら》のない男たちを店の奥の長屋のようになっている部屋へ住まわせていたのである。

極楽屋の奥行きが長いのはそのせいだった。

近隣に住む者たちは、極楽屋のことを地獄屋と呼んで近寄らなかった。それというのも、店内には、危険な仕事を待つ荒くれ男たちが、いつもたむろしていたからである。

いま、要橋を渡り、極楽屋にむかって歩いていくひとりの男がいた。歳は五十がらみ、黒の絽羽織《ろばおり》に格子縞《こうしじま》の単衣《ひとえ》、渋い海老茶の角帯をしめていた。極楽屋には似つかわしくない、商家の旦那ふうの男である。

男は極楽屋の前で立ちどまることもなく、店先の縄暖簾を分けて入っていった。店のなかは薄暗く、澱《よど》んだような大気につつまれていた。まだ、七ツ半（午後五時）を過ぎたころで西陽が射していたが、障子や窓のすくない店内は、日中でも陽が射さず薄暗かったのだ。

煮物の匂いと温気のたちこめた店内に、数人の男がたむろしていた。飯台を前にして酒を飲んだり、めしを食ったりしている。褌《ふんどし》ひとつの男、肩口から入墨《いれずみ》が覗いている男、隻腕《せきわん》の男など、どの顔を見ても一癖《くせ》も二癖もありそうな連中である。

商家の旦那ふうの男が入って行くと、荒くれ男たちのおしゃべりがやみ、いっせいに視線が集中した。

「島蔵さんは、おりますか」

男はおだやかな声で訊いた。

「だれでえ、おめえは」

大柄で赤銅色の肌をした熊造《くまぞう》という男が、胴間声《どうまごえ》で訊《き》いた。

「肝煎屋《きもいりや》吉左衛門《きちざえもん》ですよ」

吉左衛門が笑みを浮かべて言うと、奥の飯台でめしを食っていた嘉吉《かきち》が、

「肝煎屋の旦那か。いま、呼んでくるぜ」

そう言って、すぐに腰を上げた。

嘉吉は上州から流れてきた無宿者で、島蔵の手下だった。嘉吉は吉左衛門と島蔵のかかわりを知っていたのである。

嘉吉はすぐに板場から、大柄な男を連れてきた。赤ら顔で、ギョロリとした牛のような大きな目をしていた。極楽屋のあるじの島蔵である。

島蔵の正体を知る者は、閻魔《えんま》とも呼んでいた。地獄屋のあるじで、しかも閻魔を思わせるようないかつい風貌をしていたからである。

「めずらしいな、肝煎屋の旦那かい」

島蔵は、料理の仕込みでもしていたらしく、濡れた手を前だれで拭きながら吉左衛

門に近寄ってきた。

「なに、たいした用じゃァないんだ」

吉左衛門は笑みを浮かべたまま、店にいる男たちに目をやった。男たちの前では話しづらいという合図である。

「おめえたち、奥の座敷に行きな」

島蔵が言うと、店にいた男たちはすぐに腰を上げ、手に手に徳利《とっくり》やめしの入った丼などを持って奥の座敷へ姿を消した。奥の座敷といっても、土間のつづきの障子をたてた部屋で、そこでも飲み食いができるようになっていたのだ。

「仕事の話かい」

島蔵が小声で訊いた。

「まァ、そうだ」

吉左衛門は、肝煎屋とかつなぎ屋と呼ばれる殺しの斡旋人だった。表向きは、島蔵と同じように柳橋《やなぎばし》で一吉《いちよし》という料理屋をいとなんでいる。

吉左衛門は、肝煎屋を始める前は盗賊の頭目で、江戸の闇世界のことはくわしかった。むかしの手下や息のかかった者たちも多い。それに、料理屋をやっていると様々な噂《うわさ》話が耳に入ってくる。そうした情報からお上に訴えられない強い恨みを抱いている者を嗅《か》ぎ出し、吉左衛門の方から近付く。そして、大金を出して殺しを頼む気持ちがあるかどうか探った上で、島蔵のような殺し人の元締につなぐのだ。むろん、吉左衛門の裏稼業を知っていて、相手の方から頼みに来ることもある。

吉左衛門は依頼人と元締をつなぐ斡旋役で、殺し料の何割かをふところに入れているはずである。

「飲みながら話すかい」

島蔵は、吉左衛門を飯台の腰掛け代わりの空樽に腰を下ろさせ、自分は向かいに腰を落とした。

「いや、酒はいい」

「それじゃァ話してくれ」

「元締は、本所横網町で、越前屋のひとり娘と侍が相対死したという噂を聞いてるかい」

吉左衛門が訊いた。

「噂だけはな」

極楽屋に出入りする男たちが、話しているのを耳にしたのである。

「越前屋のあるじの、久兵衛《きゅうべえ》が依頼人でな」

「ほう、すると、娘は殺されたとでも言うのかい」

相対死なら、吉左衛門などに話を持っていかないだろう。

「それが、はっきりしねえんだが、久兵衛が言うには、娘が相対死したとは、どうしても思えない。娘が死んだわけだけでも知りたいと言って、おれのところへ来たってわけだ。……ひとり娘だったこともあって、久兵衛は目のなかに入れても痛くねえほど可愛がってたそうだよ」

「久兵衛の気持ちも分からねえことはねえが、どう見ても町方の仕事だぜ。おれたちのかかわることじゃァねえ」

島蔵は、白《しら》けたような顔をして言った。

「それが、大川の上流の吾妻《あずま》橋近くの桟橋に、ふたりの履き物が脱いであったとかで、町方は相対死と決めつけて、いっこうに動かねえそうだ」

「町方が匙《さじ》を投げてるんじゃァなおのこと、おれたちの出る幕はねえよ」

島蔵が突っ撥《ば》ねるように言った。

「ま、聞いてくれ。娘の名は、お藤ってえんだが。……お藤がな、一月《ひとつき》ほど前に宿下がりしてきて、涼しくなったら、おっかさんと芝居見物に行きたいと楽しみにしてたというんだな。それに、男のことなどまったく口にしていなかったそうだ」

吉左衛門は、お藤に男のいる様子はまったくなかったそうだよ、と言い添えた。

「宿下がりってことだが、まさか、大奥に奉公に行ってたわけじゃァあるめえ」

島蔵が目をひからせて訊いた。

「武家へ奉公してたらしいが、大奥じゃァねえよ」

吉左衛門が話したことによると、お藤は陸奥国《むつのくに》重江藩《しげえはん》七万石の奥女中として奉公していたという。

越前屋は重江藩の御用商人で、屋敷内に出入りしていた縁があって娘を奥奉公させたらしい。富商が縁を頼って、娘を行儀見習いのために大名屋敷や大身の旗本の屋敷へ奉公に出すことはめずらしくなかった。

「お藤といっしょに死んでた侍は」

島蔵が訊いた。

「重江藩の御使番、景山佐之助《かげやまさのすけ》だそうだ」

「それじゃァ、筋が見えてるじゃァねえか。お藤が奥奉公している間に、景山とできてだな、武家と町人の娘じゃァいっしょになれねえ。そこで、死んで思いを遂げようとしたわけだ」

「そうみえねえこともねえが、ともかく、久兵衛は娘が死んだわけを知りてえと言ってだな、手付金として、二百も用意したんだ。越前屋にしてみれば、驚くような金じゃァねえだろうがな」

「手付金が、二百だと」

島蔵が目を剝《む》いた。大きな目が、鶉《うずら》の卵ほどに見えた。

「それだけじゃァねえぜ。お藤が殺されたと分かりゃァ、当然殺しを頼むだろうし、相手によっちゃァ五百や六百は出すだろうよ」

「うむ……」

島蔵が唸《うな》った、赤ら顔が紅潮して赭黒《あかぐろ》く染まっている。

「断る手はねえぜ」

吉左衛門にとっても、おいしい依頼なのだろう。手付金の何割かは、ふところに入るはずである。

「ま、探るだけでも探ってみようか」

島蔵が低い声で言った。このところ、殺しの依頼がなく、殺し人に金を渡すこともできなかったし、島蔵自身のふところも寂しくなっていたのだ。

5

島蔵は吉左衛門を送り出した後、嘉吉に孫八《まごはち》を呼んでくるよう指示した。孫八は殺し人だったが、狙う相手の身元を洗ったり、尾行したりすることが多く、殺しだけでなく探索役も兼ねていたのである。

孫八は表向き屋根葺《ふ》き職人で、極楽屋と同じ吉永町の伝兵衛店《でんべえだな》に住んでいた。極楽屋から近いこともあって、嘉吉は小半刻（三十分）ほどで、孫八を連れてきた。

島蔵は孫八と嘉吉を奥の座敷に呼んだ。店にたむろしている男たちに、殺しの話は聞かせたくなかったのである。

「仕事ですかい」

すぐに、孫八が訊いた。歳は四十を過ぎていたが、小柄な体はいかにも敏捷《びんしょう》そうだった。匕首《あいくち》を巧みに遣《つか》うだけでなく、尾行や家屋敷の侵入も得意だった。

「それが、まだ殺しじゃァねえんだ」

島蔵が、吉左衛門から聞いたことをかいつまんで話した後、

「手付金は、五十だ」

と、言い添えた。

島蔵は、今後の成り行きによって、他の殺し人の手を借りることになるかもしれないと読み、百五十両は残しておいたのだ。それに、島蔵自身の取り分もある。

「このところ仕事にあぶれてやすから、探りだけでもやらせてもらいやすが、あっしひとりですかい」

「嘉吉にも手伝わせようと思ってるんだ。探りだけなら、おめえや嘉吉の方がいいだろうと思ってな」

そう言って、島蔵が嘉吉に目をむけると、

「やりやす」

嘉吉が勢い込んで言った。これまで、嘉吉は殺し人の手先のようなことはしたが、同等に扱ってもらうことはなかったのである。

「あっしは、だれとでもかまわねえ」

孫八がうなずいた。

「それじゃァ、ひとり二十五だ」

島蔵は、吉左衛門から渡された切餅をふたつ、ふところから取り出し、孫八と嘉吉の膝先に置いた。切餅ひとつ二十五両である。

「ありがてえ」

嘉吉が目をかがやかせて言った。嘉吉は、初めて二十五両もの大金を手にしたのである。

翌日、孫八と嘉吉は、神田小川町《かんだおがわまち》にむかった。重江藩の上屋敷が、小川町にあったからである。

ふたりは風呂敷包みを背負い、菅笠《すげがさ》をかぶっていた。小川町を歩きまわるため、行商人のような格好をしてきたのである。

神田川にかかる昌平橋《しょうへいばし》のたもとを過ぎて小川町に入ると、通り沿いは大名屋敷や大身の旗本屋敷などが多くなった。

ふたりはまず重江藩の上屋敷を探そうと思い、道で出会った中間に訊くと、一ツ橋《ひとつばし》通りにあるという。一ツ橋通りは、一ツ橋御門から水道橋《すいどうばし》の方へつづく道である。

「この屋敷ですぜ」

嘉吉が路傍《ろぼう》に足をとめて言った。

大名屋敷らしい豪壮な櫓門《やぐらもん》を構え、通り沿いは藩士の住む長屋になっていた。

「屋敷内に忍び込むわけにもいかねえなァ」

孫八は櫓門に目をやりながらつぶやいた。孫八といえども、大名屋敷に忍び込むのは容易ではない。それに、うまく侵入できたとしても、大川で相対死した藩士の情報をつかむのはむずかしいだろう。

「近くの屋敷に奉公する中間に、話を聞いてみるか」

孫八は、その方が手っ取り早いと思った。

孫八と嘉吉は、上屋敷からすこし離れた路傍に立ち、話の聞けそうな中間が通りかかるのを待ったが、なかなか姿を見せなかった。

それでも、陽が西の空にまわったころ、看板に小倉《こくら》帯、木刀を腰に差した中間がふたり、何かしゃべりながらやってきた。

「ちょいと、すまねえ」

孫八が、ふたりの前に出て声をかけた。

「何か用かい」

でっぷり太った赤ら顔の男が、訝《いぶか》しそうな顔をした。

「用ってえ、ほどのことじゃァねえが、この先に大名屋敷がありやすね。たしか、陸奥国の重江藩とか」

「ああ、あるよ。それがどうしたい」

「そのお屋敷に、房吉《ふさきち》ってえ中間が奉公してるはずなんだが、ご存じですかい」

孫八が口にした房吉は、咄嗟《とっさ》に頭に浮かんだ名である。

「房吉だと、知らねえな。おめえは、どうだい」

赤ら顔の男は、脇にいる小柄な男に顔をむけた。

小柄な男は、おれも知らねえぜ、と言って首を横に振った。

「あっしの妹が、房吉にほの字でしてね。何日か前《めえ》に、重江藩の奥女中と中間奉公している男が、相対死したって噂を耳にしやしてね。もしや、房吉さんじゃァねえかと、ええ心配をしやして。それで、あっしに、小川町へ行ったら様子を訊いてきてくれと、ま、こういうことなんでさァ」

孫八は適当な作り話をして、死んだふたりのことに話を持っていった。

「とんだ、妹思いの兄貴だな。……だがよ、心配ねえぜ。奥女中と死んだのは、中間なんかじゃァねえからよ」

赤ら顔の男が、揶揄《やゆ》するような嗤《わら》いを浮かべて言った。

「中間じゃァねえんですかい」

「おおよ、娘の相手は歴としたご家臣よ」

赤ら顔の男が、声を大きくして言った。

「そんなこたァねえ。あっしは、中間と聞きやしたぜ。それに、奥女中は町人の娘だそうだが、大名の家臣が、町人の娘と相対死などしますかね」

孫八は信じられないといった顔をした。中間に、しゃべらせるためである。

「大名屋敷ったって、いろんなことがあらァな。……ふたりが、顔を合わせたのは、小川町のお屋敷じゃァねえんだよ」

もうひとりの小柄な男が、脇から口をはさんだ。

「あっしは、上屋敷と聞いてやすぜ」

「たしかに、娘は上屋敷の奥女中だったがな。ときどき、下屋敷へ出かけてたのよ」

小柄な男は、重江藩の中間から話を聞いたから、まちげえねえ、と得意そうな顔をして言い添えた。

「下屋敷ってえと」

孫八は、首をひねって見せた。

「隠居した先代が住む屋敷でな、向島《むこうじま》にあるのよ。相対死したふたりは、そこで知り合ったらしいや」

小柄な男によると、重江藩の下屋敷はふたつあり、ひとつを先代の隠居所として使っていたという。

「町娘といっしょに死んだ家臣は、下屋敷にいたんですかい」

さらに、孫八が訊いた。

「奥女中だけじゃァねえ、藩のお偉方《えらがた》もいっしょだそうだよ。娘の相手は、その供についていった家臣らしいや。駕籠《かご》の乗り降りに顔を合わせて、ポオッとなっちまったんじゃァねえのかい」

赤ら顔の男がうす笑いを浮かべながら、いつまでも、つっ立って話してるわけにゃァいかねえぜ、と小柄な男に言い、そそくさとその場から離れていった。

「嘉吉、向島の屋敷を探ってみるか」

孫八は、下屋敷を探る必要があるように思った。

6

翌日、孫八と嘉吉は向島に出かけた。向島は浅草の対岸にあたり、八代将軍吉宗《よしむね》が大川沿いに植えさせたとされる桜の名所の墨堤《ぼくてい》がある。さらに、墨堤に沿って、三囲稲荷《みめぐりいなり》神社、長命寺《ちょうめいじ》、弘福寺《こうふくじ》などの名の知れた寺社があり、風光明媚《ふうこうめいび》な地でもあった。そのため、豪商の別邸や大名の下屋敷などもあったのである。

墨堤沿いの道で、通りすがりの男に重江藩の下屋敷のことを訊くと、すぐに分かった。弘福寺の東側の田園地帯だという。そこは洲崎《すざき》村で田圃のなかに掘割がとおり、閑静で景色のいい地だった。

下屋敷といっても隠居所らしく豪壮な門はなく、板塀をめぐらせた屋敷だった。ただ、贅《ぜい》を尽くした屋敷らしく、奇岩や泉水を配した庭があり、数寄屋《すきや》ふうの別棟もあった。

孫八と嘉吉は、板塀に身を寄せて、なかの様子を窺《うかが》った。屋敷内に何人かいるらしく、男女の声や障子や襖《ふすま》をあけしめする音などが聞こえてきた。ただ、何を話しているかは、聞き取れなかった。

「どうしやす」

嘉吉が訊いた。

「屋敷内を覗いてても、埒《らち》が明かねえな。話の聞けそうなやつが、出てくるといいんだがな」

藩士には訊きづらいので、下働きの者か中間でも出てくれれば都合がいい、と孫八は思った。

一刻（二時間）ちかくも、ふたりは板塀の陰に身を隠していたが、話の聞けそうな者は出てこなかったし、屋敷内の会話も聞き取れなかった。

——暗くなったら忍び込んでみるか。

孫八が、そう思ったとき、裏門のあく音がした。

裏門といっても、掘割沿いの通りに面した片開きの木戸門である。姿を見せたのは、ふたりの百姓だった。腰切半纏《こしきりばんてん》に股引、薄汚れた手ぬぐいで頰っかむりしていた。ふたりとも籠を肩にかけていた。

「ちょいと、すまねえ」

孫八が、ふたりに近寄って声をかけた。嘉吉も、孫八の後ろに跟《つ》いてきた。

「な、なんでえ」

色の浅黒い四十がらみの男が、驚いたような顔をして訊いた。もうひとりは、白髪まじりの初老の男だった。

「ふたりが出てきたのは、吉川佐渡守《よしかわさどのかみ》さまのお屋敷かい」

孫八が訊いた。重江藩の隠居した元藩主の名は、吉川佐渡守盛明《もりあき》と聞いていたのだ。

「そうだが」

四十がらみの男が、訝しそうな顔をした。見ず知らずのふたりに突然呼びとめられて、警戒しているらしい。

「お屋敷のことで、知りてえことがあってな。歩きながらで、いいんだ」

そう言って、孫八は歩きだした。孫八は下屋敷の近くで話していて、藩士の目にとまってはまずいと思ったのである。

仕方なさそうにふたりの百姓も跟いてきた。


孫八たちが歩きだしたとき、屋敷の脇に立って孫八たちに目をむけている男がいた。藩士らしく、羽織袴姿で二刀を帯びていた。年格好は三十代半ばであろうか。鼻《び》梁《りょう》が高く、薄い唇をしていた。眼光がするどく、剽悍《ひょうかん》そうな面構《つらがま》えをしている。

いっとき、男は屋敷から離れていく孫八たちを凝視していたが、屋敷に取って返すと、六尺ほどはあろうかと思われる長身の武士をひとり連れてきた。この男も藩士らしい身拵《みごしら》えをしていた。年は二十代後半らしい。面長で、目尻のつり上がった狐のような顔をしている。

ふたりは、裏門から掘割沿いの通りへ出ると、孫八たちの跡を尾け始めた。

孫八たちは、ふたりの尾行に気付かなかった。自分たちが尾行されるなどと思ってもみなかったので、背後を振り返ってもみなかったのである。

「ところで、ふたりはお屋敷で奉公してるのかい」

　歩きながら、孫八が訊いた。

「とんでもねえ、おらたちは洲崎村の百姓だで」

「何しに、お屋敷へ来たんだい」

　孫八が、百姓の背負っている籠を覗きながら訊いた。なかは、からである。

「茄子《なす》と瓜《うり》を持ってきたんだ」

　ふたりの百姓が交互に話したことによると、重江藩に頼まれて下屋敷に畑でできた季節の野菜をとどけているという。屋敷の住人の賄《まかな》いのためらしい。

「それで、おめえさんたちは」

　四十がらみの男が訊いた。

「おれたちは、大名屋敷をまわって絹を商っている者でな。上州高崎《たかさき》から来たんだが、この屋敷に奥女中が出入りしてると耳にして、いい商いになるんじゃァねえかと目をつけたわけだ」

　孫八と嘉吉は、菅笠をかぶり風呂敷包みを背負っていたので、行商人らしかったが、上州から旅してきた絹商人には見えなかった。それでも、ふたりの百姓は孫八の言葉を信じたらしく、不審そうな顔はしなかった。絹商人などに接したことがないからだろう。

「奥で、大殿の世話をしている女中は、ふたりだけだで。下女もふたりいるにはいるが……」

そう言って、四十がらみの男が口元にうす笑いを浮かべた。おそらく、下女は絹布などに縁のない暮らしをしてるのだろう。

「そんなはずはねえ。なんでも、この屋敷に奉公してた奥女中が、若い家臣と相対死したとかで、ええ噂になってるぜ」

「その話かァ」

それまで黙って跟いてきた初老の男が、ふいに声を上げた。

「あの娘は、下屋敷に奉公してたわけじゃァねえだよ。小川町の屋敷から来てただ。いっしょに死んだご家来もな」

「どういうことだい」

「小川町のお屋敷から呼ばれたらしいな」

初老の男によると、向島の下屋敷では年に何度か盛明の無聊《ぶりょう》を慰めるために、花見、紅葉《もみじ》狩り、月見など季節に合わせた遊山《ゆさん》や宴席などが催《もよお》され、主だった重臣と奥女中が集まるという。

「藩主も来るのか」

「殿さまは、あまり来ねえようだ。なにせ、まだ、十五で若《わけ》えからな」

藩主だった盛明は病気がちで、嗣子《しし》の茂敏《しげとし》が十四のときに重江藩を継がせて隠居したという。

「それで、奥女中といっしょに死んだご家臣は、何てえ名だい」

まだ、孫八はお藤の相手の名を知らなかったのだ。

「景山佐之助さまだ」

脇から、四十がらみの男が言った。

「若えんだろう」

「二十四、五と、聞いてるけどな」

そう言った四十がらみの男の顔に不審そうな色があった。孫八の話が、岡っ引きの尋問のような内容になってきたからだろう。

孫八と嘉吉は、さらに屋敷でのお藤と景山の様子などを訊いたが、ふたりの男はほとんど口をひらかなくなった。孫八たちが、相対死のことで何か探っていることに気付いたようである。

「あの屋敷は、商いにならねえようだ」

そう言って、孫八たちは足をとめた。これ以上訊いても無駄だと判断したのである。ふたりの百姓は、急に足を速めて孫八たちから離れていった。

7

孫八と嘉吉は、弘福寺の裏手を通って大川端へ出た。八ツ（午後二時）ごろだろうか。夏の強い陽射しが大川の川面を照らし、遠く江戸湊《みなと》の方まで油を流したようにひかっていた。そのひかりのなかを、猪牙舟や屋根船などがゆったりと行き交っている。夏の昼下がり、見慣れた大川の光景である。

ふたりは、そば屋でも見つけて入ろうと思った。朝めしを食っただけだったので、腹がへっていたのだ。

「やっぱり、相対死かな」

歩きながら、嘉吉が自問するようにつぶやいた。

「どうも、気になるな」

孫八が言った。

「何が、気になりやす」

「お藤と景山の浮いた話が、出てこねえじゃァねえか。……相対死するほど思いつめたふたりなら、何度か忍んで逢《あ》っているはずだ。藩士や他の奥女中の噂にもなるんじゃァねえのかな。それが、浮いた話はまったく出てこねえ。ふたりが一目惚れして、いきなり、大川端へ出かけて胸を突き合ったてえのかい」

　孫八は腑に落ちないような顔をして言った。

「兄いの言うとおりだ」

「もうすこし、探りを入れてみるか」

「へい」

　ふたりは、そんなやり取りをしながら大川端を川下にむかって歩いていた。

　通り沿いは墨堤の桜や寺社の杜などがつづき、しばらく町家はなかった。吾妻橋ちかくまで行かないとそば屋はないようだ。人影もほとんどなく、汀《みぎわ》から聞こえてくる流れの音と風が土手の夏草を揺らす音が聞こえてくるばかりである。

「だれか、いやすぜ」

　嘉吉が声を殺して言った。

　見ると、前方右手の鬱蒼《うっそう》と枝葉を茂らせた桜の樹陰に人影があった。武士らしく、二刀を帯びている。

「涼んでるのかもしれねえな」

孫八は、それほど警戒しなかった。武士はひとりだったし、木陰に佇《たたず》んで視線を対岸の浅草の方にむけていたからである。

それでも、孫八と嘉吉は武士から目を離さずに歩いた。

武士が振り返り、孫八たちを目にとめると、ゆっくりとした足取りで通りへ出てきた。長身の男だった。面長で狐のような顔をしている。両手を垂《た》らしていたが、歩く姿に獲物を狙うような殺気がただよっていた。

孫八と嘉吉は足をとめた。

「おれたちが、狙いのようだぜ」

孫八はふところに手を入れ、呑んできた匕首を握りしめた。

「兄い！　もうひとりいやがる」

嘉吉が声を上げた。

左手後方の三囲稲荷につづく路地から、足早にひとりの武士が出てきたのである。鼻梁の高い剽悍そうな面構えの男だった。この男の全身にも殺気が感じられた。その隙のない身動きから、孫八のような男にも剣の遣い手であることが知れた。

「挟み撃ちだぜ！」

孫八は、ふたりの武士にここで待ち伏せされたことを察知した。下屋敷で目撃し、先まわりしたのかもしれない。

「あ、兄い、どうしやす」

嘉吉が声を震わせて言った。

「逃げるしかねえ！　嘉吉、つっ走るんだ」

言いざま、孫八は前方の男にむかって走りだした。咄嗟《とっさ》に、後方の男ほどの腕ではないと見たのである。嘉吉も走りだした。

ふたりは匕首を抜き、肩を並べて前方から来る男にむかって走った。

「構わぬ、斬れ！」

後方の男が、走りざま叫んだ。

その声で前方の男は抜刀し、足をとめて八相《はっそう》に構えた。腰の据わったどっしりとした構えである。しかも、昂《たかぶ》った気配がなく、全身に気勢がこもっている。なかなかの遣い手のようだ。

「やろう！」

孫八は匕首を胸のあたりに構え、すこし背を丸めるようにして長身の男に突進した。嘉吉は目をつり上げ、気合とも悲鳴ともつかぬ声を発して孫八の脇を走ってくる。

一気に長身の武士と孫八との間がつまった。長身の武士は刀身を肩に担ぐように寝かせ、全身に斬撃の気をみなぎらせている。

孫八は走りざま、匕首を顔の前に突き出すように構えた。敵の斬り込んでくる刀身を受けようとしたのである。

タアッ！

鋭い気合とともに、長身の武士の肩口から刃光が疾《はし》った。次の瞬間、孫八の匕首を構えた右手に激しい衝撃がはしり、匕首がたたき落とされた。長身の武士の八相からの斬撃が、匕首を強打したのだ。

孫八は匕首を失っただけでなく、体勢がくずれて前につんのめるように泳いだ。

「逃さぬ」

言いざま、長身の武士は背後から二の太刀をあびせた。一瞬のすばやい体捌《さば》きである。武士の切っ先が、孫八の肩口をおそった。

孫八は短い叫び声を上げ、のけ反った。左の肩口に衝撃があったが、ほとんど痛みは感じなかった。気が昂《たかぶ》っているからであろう。

孫八は前によろめきながら、このままでは助からない、と思った。背後からの武士も、すぐ近くまで迫っていた。一か八《ばち》か、川へ身を投じるしかない。

「川だ！　川へ飛び込め」

叫びざま、孫八は右手の桜並木の樹間に突進した。嘉吉も必死に駆け込んできた。

並木の先は川岸の土手になっていて、丈の高い雑草が繁茂していた。

「逃すな、追え！」

長身の武士と前後して鼻梁の高い武士も迫ってきた。

孫八と嘉吉は、懸命に夏草のなかを走った。土手の斜面の先は、蘆荻《ろてき》の密集する水際だった。ふたりは、飛び込むような勢いで蘆荻のなかに突っ込んだ。

ザザザッ、という蘆荻を分ける激しい音がし、ふたりの露出した顔や胸をするどい葉先が引き切り、胴や足にからまったが、ふたりは足をとめなかった。両腕で葉茎を払いながら、深みへと走り込んだ。

ふたりの武士は土手を下りてきたが、川のなかまでは入ってこなかった。岸辺に立って、孫八と嘉吉の姿を見つめている。近くの岸へ這い上がってくるのを待っているのかもしれない。

孫八と嘉吉は水深が胸のあたりまでなると、流れにまかせて下流へとむかった。そのときになって、孫八は左肩に激しい痛みを感じた。出血も多いらしく、肩口の水を染める血の色が見えた。だが、左腕は動く。鎖骨《さこつ》にまで達するような深手ではないようだ。

「嘉吉」

孫八が後ろから流れてくる嘉吉に声をかけた。

「へい」

「ちょ、猪牙舟《ちょき》を見つけろ。このままじゃァ、海まで流されちまうぜ」

孫八は激痛をこらえて言った。

ふたりの武士はまだ諦めてないようなので、近くの岸に這い上がることはできなかった。猪牙舟を使って逃げるより他に手はない。

「兄い、あそこに桟橋が」

嘉吉が水面から伸び上がるようにして言った。

見ると、吾妻橋の手前にある水戸《みと》家の下屋敷の手前にちいさな桟橋があり、数艘の猪牙舟が舫ってあった。

「よし、あの猪牙舟を使おう」

孫八は川底を蹴り、水中を跳ねるようにして川下へむかった。

濡れ鼠で桟橋に這い上がると、嘉吉が孫八の肩口の血を目にし、

「兄い、やられたんですかい」

と、驚いたような顔をして言った。嘉吉は逃げるのに必死で、孫八が敵刃をあびたのを目にしてなかったようだ。

あらためて見ると、肩口の着物が裂け、蘇芳《すおう》色に染まっていた。まだ、出血しているらしく、真《ま》っ赤《か》な血が滲《にじ》んでくる。

「てえした傷じゃァねえ、それより早く舟を出せ」

「へい」

嘉吉は急いで一艘の猪牙舟の舫い綱をはずし、櫓《ろ》を手にした。

「このまま、極楽屋へ行くんだ」

孫八が顔をしかめて言った。

舟で大川を下り、仙台堀をたどれば、そのまま極楽屋の前まで行ける。島蔵は傷の手当てにも長じていたので、なんとかしてくれるはずだ。

第二章　刺　客

1

平兵衛は戸口に近付いてくる足音に気付いて、刀を研ぐ手をとめた。まゆみや聞き覚えのある長屋の住人の足音ではなかった。ひたひたと忍び寄るような足音である。

足音は戸口の前でとまった。平兵衛が首を伸ばして屏風《びょうぶ》越しに見ると、腰高障子に人影が映っていた。男の影である。平兵衛は研いでいる刀の茎《なかご》を握りしめた。

「旦那、安田の旦那」

いっとき間を置いてから、低い男の声がした。殺気立った声ではなかったが、慌《あわ》てているようなひびきがあった。

「だれかな」

平兵衛は、刀を脇に置いて立ち上がった。

「嘉吉でさァ。入ってもいいですかい」

島蔵の手先の嘉吉だった。

どうやら、島蔵からの使いらしい。それにしても、よほど急いでいるようだ。ふだん呼び出すときは、平兵衛だけに分かる符号を記した紙切れを置いていくのだが、今日は嘉吉が直《じか》に伝えに来たらしい。

「入れ」

幸い、まゆみは惣菜《そうざい》を買いに出ていたので、嘉吉を家に入れても都合の悪いことはなかった。

すぐに障子があいて、嘉吉が入ってきた。顔に疲労と困惑したような表情があった。

「何かあったのか」

平兵衛が、先に訊いた。

「へい、孫八の兄いがやられやした」

「なに、孫八がやられただと」

平兵衛は驚いた。これまで、平兵衛は孫八と組んで仕事をすることが多かったのだ。それに、孫八が殺しの仕事にかかっていることも知らなかった。

「それで、孫八は死んだのか」

「いえ、命にかかわるようなことはねえそうです。ただ、肩を斬られてやして、しばらく匕首を遣えねえらしいんでさァ」

「そうか。……で、孫八はだれにやられたんだ」

平兵衛は孫八の命に別状はないと知って、ひとまず安堵した。

「あっしと、向島の屋敷を探ってやして、ふたり組の侍に襲われたんでさァ」

嘉吉は、これまでの経緯《いきさつ》をかいつまんで話した。

「すると、ふたりで越前屋の娘の件を探っていたのか」

平兵衛は驚いた。越前屋の件は、町方も匙《さじ》を投げていると聞いていたのだ。それを孫八と嘉吉とで、探っていたらしい。

「へい」

「それで、元締からの用件は」

孫八が傷を負ったことを伝えに来たわけではないだろう。

「今日のうちに、極楽屋に来て欲しいそうで」

「わしひとりか」

島蔵とかかわっている殺し人は、平兵衛の他に右京と朴念《ぼくねん》という巨漢の男がいた。

「片桐の旦那と朴念さんにも、使いが走っていやす」

「分かった。極楽屋に顔を出そう」

殺しの仕事のこともあったが、孫八の怪我が気になった。平兵衛は、島蔵の話を聞く前に孫八に会ってみようと思ったのだ。

「ところで、孫八は長屋にいるのだな」

平兵衛が訊いた。

「いえ、今日のところは極楽屋で休んでいやす。そのうち、兄いの長屋にもどると言ってやしたが」

「そうか」

島蔵が孫八の手当てをし、すぐに動かさない方がいいと判断して極楽屋に置いたのかもしれない。極楽屋には寝泊まりする部屋があったので、孫八も不自由はしないだろう。

平兵衛は嘉吉が家から出ると、研ぎ場を片付け、まゆみに置き手紙を書いた。仕事の用で留守にするが、戸締まりをして先に休むように、と簡潔に記したものだ。

平兵衛は殺しの仕事にかかると、研ぎの仕事にかこつけて度々家をあけることがあったので、まゆみも不審を抱いたりしないはずだ。

西陽が寺院の杜《もり》の向こうに沈みかけたころ、平兵衛は極楽屋についた。まだ、右京も朴念も姿を見せていなかった。島蔵に声をかけ、孫八が奥の座敷にいることを聞くと、すぐに奥へむかった。

孫八は肩先から腋にかけて分厚く晒《さらし》を巻いて、上半身裸で横になっていた。晒には赭黒《あかぐろ》い血の色がある。

「旦那、面目ねえ。このざまだ」

孫八は顔をしかめながら身を起こそうとした。

「寝てろ、寝てろ」

慌てて、平兵衛は制した。いま、島蔵から傷口がふさがるまで安静にしていた方がいいと聞いてきたばかりである。

「いまは、静かに寝てるのが一番だ。傷口さえふさがれば、またいっしょに仕事ができる」

そう言って、平兵衛は孫八の脇に膝を折った。

「重江藩の下屋敷を探ってやしてね。まさか、襲ってくるなど、思ってもいなかったもんで」

孫八が照れたような顔をして言った。浅黒い顔に引っ掻き傷が無数にあったが、顔色はそれほど悪くなかった。

「嘉吉から、あらまし聞いたよ。……襲ったのは、武士がふたりだそうだな」

平兵衛はふたりの武士のことは、孫八から聞いておきたかった。いずれ立ち合うことになるかもしれないのだ。

「ふたりとも腕が立ちやしてね。あっしの匕首《あいくち》じゃァ、まるっきし歯が立たねえ」

孫八は、ふたりの体軀とそのときの様子を話した。

「なかなかの遣い手のようだ」

孫八によると、長身の武士は八相に構え、初太刀で孫八の匕首をたたき落とし、二の太刀で肩口へ斬り込んできたという。おそらく、間を置かずに連続して刀をふるったのであろう。

「もうひとりの鼻の高えやろうは、もっと強えように見えやしたぜ。もっとも、あっしの目じゃァ、あてにはならねえ」

孫八は苦笑いを浮かべてそう言ったが、目は笑っていなかった。孫八なりに敵の腕のほどを感じ取って、恐れを抱いたのであろう。

「うむ……」

孫八と嘉吉が、大川に身を投じて逃げたのは賢明だったようだ。おそらく、川へ逃げなければ、ふたりの命はなかったであろう。

「旦那、お藤と景山は、相対死なんかじゃァありませんぜ」

孫八が声をあらためて言った。

「どうして、分かる」

「あっしと嘉吉を襲ったことでも分かりまさァ。あの下屋敷には、探られたくねえ何かがあるにちがいねえ」

孫八が天井を睨《にら》むように見すえて言った。

2

「せっかくだ。一杯やってくれ」

島蔵は、女房のおくらに手伝わせて、徳利《とつくり》、猪口《ちよこ》、油揚げと牛蒡《ごぼう》の煮物の入った小鉢、それに箸を載せた盆を運んできた。

飯台のまわりに腰を下ろしているのは、平兵衛、右京、朴念の三人である。朴念は奇妙な格好をしていた。坊主頭で、黒の道服に身をつつんでいる。その道服が長い間着たままなので垢《あか》でひかり、所々すり切れていた。着る物などに、まったく頓着しない男なのだ。歳は三十がらみ、巨漢で全身が鋼《はがね》のような筋肉におおわれていた。地蔵のような丸顔で、細い目をしていた。小鼻の張った愛嬌のある顔をし、いつもニタニタ笑っている。

朴念は手甲鈎《てっこうかぎ》の遣い手だった。手甲鈎を嵌《は》めた手で敵の顔を引き裂いたり、持ち前の強力で頭をたたき割ったりして仕留めるのだ。

朴念が手甲鈎の指南を受けた武芸者に、おまえは朴念仁だと言われ、朴念と名乗るようになったそうである。

「越前屋の娘のことを探って欲しいと言って、肝煎屋が来てな。まァ、殺しの仕事ではないので、孫八と嘉吉に頼んだわけだ」

島蔵はそう前置きして、孫八と嘉吉が重江藩の下屋敷を探索に行き、ふたりの武士に襲われて、孫八が深手を負ったことまでを話した。

「孫八は命に別状はねえが、しばらく動けねえ。それで、だれか仕事を受け継いじゃァもらえねえかと思ってな」

島蔵はそう言って、平兵衛、右京、朴念に目をやったが、三人は黙したままだった。

ちかごろ殺しの依頼がなかったので、研ぎ師としての仕事のある平兵衛はともかく、右京と朴念はふところが寂しくなっているはずだが、あまり乗り気ではないようだった。無理もない。殺しではないし、孫八がやりかけた仕事なのだ。

「気に入った仕事でねえことは、おれにも分かる。ただ、この仕事は、お藤という娘が相対死だったかどうか探るだけじゃァねえ。次があるんだ」

「次てえなァ、なんでえ」

朴念が猪口を手にしたまま訊いた。

「お藤が、殺されたことがはっきりすれば、下手人を探して娘の敵《かたき》を討って欲しいそうだ」

「そうなりゃァ、殺しの仕事ってことになるな」

朴念が声を大きくした。

「そうだ。それも、殺し料は高い。なにせ、依頼人は越前屋のあるじだからな」

「殺し料はいくらだ」

「相手によっちゃァ、五百や六百は出すだろうよ」

島蔵は吉左衛門から聞いたことをそのまま口にした。

「五百や六百だと！」

朴念が驚いたような顔をした。

「相手の人数が多けりゃァ、もっと出すかもしれねえ。それにな、ここにきて殺しらしいことがはっきりしてきたんだ」

「どういうことだい」

　朴念が訊いた。

　平兵衛と右京は、黙ったまま朴念と島蔵のやり取りを聞いていた。右京などは、他人事《ひとごと》のような顔をして手酌で酒をかたむけている。

「考えてみろい。重江藩の下屋敷を探った孫八と嘉吉が、ふたりの武士に襲われたんだぜ。おれは、襲ったふたりは重江藩士とみている。相対死なら、探索に来た者を襲って殺そうとはしねえはずだ。探られたくねえことが、あるからだよ」

「そうだな」

　朴念が目をひからせた。

「それに手付金がある。殺しでなくとも、五十両だぜ」

　島蔵のふところには、まだ百五十両残っていたのである。

「おれは、やるぜ」

　そう言って、朴念は猪口に酒をついだ。

「ふたりは、どうする」

　島蔵は、平兵衛と右京に目をむけて訊いた。

「受けよう」

右京が小声で言った。右京にしても、ふところが寂しかったので、五十両の手付金はありがたかったのだろう。

「安田の旦那は」

「わしは、遠慮しとこう。片桐さんと朴念で十分だろう」

平兵衛は、もうすこし様子を見たいと思った。それに、右京と朴念のふたりで十分だろう。

「それじゃァ、片桐の旦那と朴念に頼もう。これで話はついたが、今夜はゆっくりやろうじゃァねえか」

島蔵は徳利を手にすると、平兵衛の猪口に酒をついだ。

それから一刻（二時間）ほどして、平兵衛は右京と連れ立って極楽屋を出た。

屋外は夜陰につつまれていたが、頭上に十六夜の月が出ていて、うっすらと掘割や寺院の杜などの黒い輪郭が見えていた。提灯はなくとも、何とか歩けそうである。

「片桐さん、孫八たちを襲ったふたりだが、手練のようだぞ」

平兵衛が歩きながら言った。

「油断しませんよ」

右京も、敵が遣い手であることを察知しているようだ。

「また、長屋に来るといい。虎徹を口実にしてな」

平兵衛は、まゆみが右京が訪ねてくるのを待っているだろうと思い、そう言ったのである。

「今度は虎徹ではなく、村正《むらまさ》の名でも出しましょうか」

右京が涼しい顔をして言った。

3

越前屋は日本橋室町の表通りに土蔵造りの大きな店舗を構えていた。店先に「越前屋、呉服物品々」と書かれた大きな立て看板が出ていた。旗本らしい武士や娘連れの妻女などが、店に入っていく。

右京は羽織袴姿で二刀を帯び、御家人のような身装《みなり》で、越前屋の暖簾をくぐった。客を装ってあるじの久兵衛に会い、それとなくお藤のことを訊いてみようと思ったのである。

店内に入ると、土間につづいて畳敷きのひろい売り場になっていた。呉服屋らしい華やいだ雰囲気《ふんいき》につつまれている。何人もの客がいて、手代が反物《たんもの》を見せたり、丁稚《でっち》が反物の入った木箱を運んだりしていた。売り場の奥には帳場があり、番頭らしき男が帳場格子のむこうで算盤《そろばん》をはじいている。

「いらっしゃいまし」

右京を目にした手代が、揉み手をしながら近寄ってきた。

「それがし、片桐家の用人で、安田平之助《へいのすけ》ともうす」

右京は勝手に平兵衛の名をすこし変えて使った。用人と言ったのは、片桐家を大身の旗本と思わせるためである。

「安田さま、お着物のご用でございましょうか」

手代は腰を折りながら訊いた。

「実は、片桐家の御用でな。あるじの久兵衛どのに会いたいのだがな」

右京は慇懃《いんぎん》に言った。

「大事なお話でございましょうか」

手代が声をひそめて訊いた。顔の愛想笑いが消えている。反物を買いにきた客とはちがうと察したらしい。

「お屋敷への出入りのことでな。越前屋と相談したいのだ」

右京は屋敷に出入りする御用商人の話らしいことを匂わせた。

「お待ちください。すぐに、うかがってまいります」

手代はそう言い残し、慌てて帳場にいる番頭のところへ飛んでいった。直接久兵衛に取り次ぐ前に、番頭に話を通そうとしたらしい。

ふたりは何やら話していたが、すぐに番頭が立ち上がり、帳場の脇にある廊下から奥へ消えた。手代は右京のそばにもどってきて、もう少々、お待ちください、と言って、揉み手をしながら右京のそばに立っていた。

待つまでもなく、番頭がもどってきた。

「てまえは、番頭の蓑蔵《みのぞう》でございます。さ、どうぞ、お上がりになってくださいまし。あるじに、すぐにお通しするようにと叱《しか》られました」

五十がらみの番頭は、満面に愛想笑いを浮かべながら言った。

右京が通されたのは、帳場の奥の座敷だった。上客を応対する座敷らしく、座布団と莨盆《たばこ》が用意してあった。

座布団に腰を下ろすとすぐ、廊下をせわしそうに歩く足音がし、襖があいて五十がらみの痩身の男が姿を見せた。唐桟の羽織に角帯。いかにも大店の旦那ふうの身装《みなり》である。

「てまえが、越前屋のあるじ、久兵衛でございます」
久兵衛は右京の脇に座して頭を下げた。
物言いは丁寧だったが、声に張りがなかった。表情が暗く、目の縁が隈《くま》取ってい
る。憔悴《しょうすい》しているようだ。愛娘《まなむすめ》の死が、久兵衛には強い衝撃だったのであろう。
右京は茶を運んできた女中が座敷から去るのを待って、
「わたしは、柳橋の吉左衛門どのとかかわりのある者です」
と、声をひそめて言った。
すると、久兵衛の顔に、ハッとした表情が浮かんだ。右京が、何者であるか察知し
たらしい。
「娘さんは、相対死ではないかもしれません」
右京は膝先の茶碗に手を出しながら、静かな声で言った。
右京の端整で色白の顔とあいまって、血腥《ちなまぐさ》い殺しの話などには縁のない、色めい
た話でもするような雰囲気があった。ただ、それがかえって不気味でもあった。
久兵衛は顔をこわばらせて食い入るように右京を見つめていた。膝の上で握りしめ
た拳がかすかに震えている。
「いまのところ、殺されたらしいと思われるだけです。娘さんがなぜ殺されたのかは

っきりさせ、下手人をつきとめるためにも、お訊きしたいことがありましてね」

そう言うと、右京はうまそうに茶を飲んだ。

「な、何で、ございましょう」

久兵衛が震えを帯びた声で訊いた。

「すでに、ご存じかと思いますが、娘さんといっしょに死んでいた武士は、景山佐之助という重江藩の家臣です。娘さんの口から、景山の名を聞いたことがありますか」

右京は、島蔵から景山の名を聞いていたのである。

「ございません。宿下がりのおり、娘は男の話はいっさいしませんでした」

久兵衛は強い口調で否定した。

「娘さんが、何か気にしていたようなことは」

「そういえば、下屋敷へいくことを心配してたようです」

「向島の屋敷かな」

「そうです」

「何を心配してたのです」

右京は、向島の下屋敷で何かあったのかもしれないと思った。

「半年ほど前、向島に出かけた奥女中が何か粗相《そそう》をしたとかで、叱責《しっせき》され、それを苦にして懐刀で喉をついて果てたとか」

「その奥女中は何をしたのです」

「そこまでは、わたしも訊きませんでした」

久兵衛は、こんなことになるなら、娘を奥奉公などに出さなければよかった、と苦悶の顔で言い添えた。

「ところで、下屋敷ですが、何のために出かけたのです」

お藤が下屋敷の宴席に出かけたことは聞いていたが、あらためて訊いてみたのだ。

「お月見です。墨堤でお月見をした後、下屋敷で宴席があり、そのおり隠居された大殿やご家老さまなどと同席して、お相伴《しょうばん》にあずかるそうですが、まァ、それは口実で、宴席を盛り上げるために着飾った女子《おなご》をそばに置いて、酌《しゃく》をさせたのでございましょう」

久兵衛によると、そうした宴席が下屋敷で年に何度か催《もよお》され、上屋敷からも江戸家老の森重市郎左衛門《もりしげいちろうざえもん》をはじめ数人の重臣と奥女中が、駕籠《かご》で下屋敷へ出向くという。

「うむ……」

右京は森重の名は知らなかったが、江戸家老も出向くとなると大掛かりな宴であろう。その宴席で、何かあったとも考えられる。

「ところで、重江藩だが、騒動のようなことは聞いていませんかね」

お家騒動でもあれば、お藤と景山が騒動に巻き込まれた可能性もあったのだ。

「てまえも、お屋敷内に出入りを許されておりましたので、多少の噂は耳にしております」

そう前置きして、久兵衛がつづけた。

「お家騒動というほど大袈裟なものではございませんが、江戸におられるご重臣の間で、多少の確執はあるようでございます。なにしろ、藩主であられる茂敏さまがお若く、ご重臣の方が藩政の舵《かじ》を取っているご様子ですから」

要するに、藩主がまだ子供で重臣が実権を握っているが、その重臣の間に対立があるということであろう。

「向島の下屋敷にいる隠居した盛明は、どうかな。大殿として、何かと嘴《くちばし》をはさんでいるのではないかな」

元服したばかりの嗣子が襲封した場合、隠居した元藩主が実権を握っていることは多い。そうしたおり、藩主と先代の間はうまくいっていたとしても、それぞれについた家臣の間で確執が生ずることはよくあることだった。

「隠居された先代は、お体がおもわしくないとかで、政事《まつりごと》にはあまり口ははさまないようですが……」

久兵衛は口ごもった。はっきりしたことは分からないらしい。

それから右京は、それとなくお藤の男関係を訊いたが、久兵衛は、それらしい様子はまったく見られなかった、と明言した。男関係もそうだが、他人に恨まれるようなことはなかったそうである。

「いずれにしろ、相手は重江藩内におる者のようです」

右京は抑揚のない声で言った。

「てまえも、そうみております。大変な相手であることは、分かっております。ですが、娘が殺されたのなら、あまりに不憫《ふびん》でなりませぬ。……どうか、娘の敵《かたき》を討ってやってくださいと」

久兵衛は畳に両手を突き、頭を下げながら絞り出すような声で言った。

4

「あっしと孫八の兄いが、襲われたのはこの辺りでさァ」

嘉吉が土手沿いの桜を指差しながら言った。

「ここで、おめえたちが来るのを待ってたのか」

朴念が訊いた。

この日、朴念は嘉吉に案内させて、お藤と景山の死体が発見された桟橋を見た後、向島に足を運んできたのである。朴念は孫八たちが襲われた場所と重江藩下屋敷を自分の目で見ておくつもりだった。

「へい、待ち伏せていやがったんで」

「おめえと孫八とで屋敷を探ってたときに目をつけられ、先まわりされたのかもしれねえな」

「あっしもそう思いやす」

「それで、下屋敷は」

「もうすこし先でさァ」

嘉吉は先にたって歩きだした。そして、弘福寺の杜を右手に見ていっとき歩くと足をとめた。

「屋敷は、この路地を入った先でさァ」

嘉吉は掘割沿いにつづく道を指差して言った。その道は弘福寺の裏手を通って、洲崎村の田園地帯にのびている。人影のない寂しい通りだった。

「おめえは、ここまででいいぜ」

朴念が言った。

「あっしも、いっしょじゃァねえんですかい」

嘉吉は驚いたような顔をした。

「おめえは、屋敷のやつに顔を覚えられてるかもしれねえ。それに、今日のところは、屋敷を見ておくだけだ」

「へえ……」

嘉吉は、しぼんだように肩を落とした。

「嘉吉、おれの格好を見ろ。だれが見たって坊主だ。……坊主が、おめえのような町人とつるんで歩いてたらけえって目につくだろう」

朴念は網代笠《あじろ》をかぶり、黒の法衣に草鞋《わらじ》履きで来ていた。手には金剛《こんごう》杖を持っている。杖は余分だが、だれの目にも雲水と映るはずである。

「もっともで」

嘉吉は納得したような顔をすると、それじゃァ、あっしは極楽屋に帰《けえ》っていやすぜ、と言い残し、足早にその場を離れた。

ひとりになった朴念は右手にまがって掘割沿いの道をたどった。重江藩下屋敷はすぐに分かった。それらしい屋敷は、他になかったからである。

朴念は板塀の脇に立って、屋敷内を覗いてみた。庭に面した数寄屋ふうの別棟の前に数人の人影があり、とぎれとぎれに談笑の声が聞こえてきた。年配の男が女子を相手に何か話しているらしかったが、会話までは聞き取れなかった。

朴念は板塀沿いを移動し、庭の周囲から屋敷の裏手まで目をやったが、贅沢な造りの屋敷であることが分かっただけだった。他に人影は見えなかったし、目を引くような不審な物はなかった。

そのとき、朴念は気付かなかったが、屋敷の裏手の引戸の間から朴念の姿を見つめている男の姿があった。孫八と嘉吉を襲ったひとり、長身の男である。

長身の男は食い入るように朴念の姿を見つめていたが、朴念が移動して視界から消えると、自分もその場から離れた。

長身の男は足早に廊下を歩き、屋敷の奥まった部屋の障子をあけた。座敷にふたりの武士が胡座《あぐら》をかいていた。ひとりは、孫八たちを襲った鼻梁の高い男である。もうひとりは巨軀で眉が濃く、頤《おとがい》の張ったいかにも武辺者らしいいかつい顔をしていた。

「妙な男が、屋敷を探っていたぞ」

長身の男が言った。

「また、町人か」

鼻梁の高い男が訊いた。

「いや、坊主だ」

「坊主だと」

鼻梁の高い男が驚いたように目を見開いた。

「姿は雲水だが、巨漢でな。金剛杖を手にしていた」

「ほう、金剛杖をな。ただの坊主では、ないようだな」

「始末するか」

「いずれにしろ、坊主を斬るのは気が引けるな」

鼻梁の高い男がそう言ったとき、

「今度は、おれがやろう」

巨軀の男が、かたわらに置いてあった大刀を手にして立ち上がり、すぐに長身の男がつづいた。

すると、鼻梁の高い男は、おれは、高みの見物といくか、とつぶやいて長身の男の後につづいて座敷から出ていった。

三人は朋輩《ほうばい》のような物言いをしていたが、どちらかといえば鼻梁の高い男が兄貴格のようである。

朴念はいっとき板塀をまわりながら屋敷内を探ったが、今日のところはこれまでにしようと思い、掘割沿いの道を大川の方へ歩きだした。

大川端に出て、吾妻橋の方へむかってしばらく歩いたとき、朴念は背後から尾けてくる男に気付いた。長身の武士である。

——来たな。

朴念は、嘉吉から襲撃したふたりの体軀も聞いていたのだ。それに、武士の身辺には獲物を追う獣《けもの》のような気配があった。朴念を襲うつもりらしい。

——ここで、仕掛けるつもりかい。

朴念は大川端の通りに目をやった。

まだ、七ツ（午後四時）前で、ちらほら人影があった。大川の川面は西陽を映して茜《あかね》色に染まり、猪牙舟や涼み船などがゆっくりと行き来していた。船上には人影もある。この場で、人目につかずに斬殺するのはむずかしいだろう。

背後の長身の男は足を速めたらしく、しだいに間がつまってきた。朴念は金剛杖を握りしめた。ここは手甲鈎を遣わず、金剛杖で相手をするつもりだった。

そのとき、朴念は前方から歩いてくる巨軀の武士に気付いた。すこし前屈みの格好で歩いてくる姿に殺気があった。

太い首、どっしりと据わった腰、筋肉でおおわれた体。武芸で鍛《きた》え上げた体であることが一目で分かった。朴念に負けぬ体軀である。

——やつも、仲間か！

一瞬、朴念は戸惑った。前方から来る男は眉の濃いいかつい顔をしており、嘉吉から聞いていた襲撃者のひとりとは、風貌《ふうぼう》や体軀がちがっていたのである。

だが、朴念は、この男も仲間のひとりだ、と察知した。男の身辺に殺気があったし、左手を鍔元《つばもと》に添えて鯉口を切ったからだ。

巨軀の男の足がしだいに速くなった。全身に獲物に飛びかかる寸前の獣のような気配がただよっている。背後からの足音も迫ってきた。どうやら、ふたりで挟み撃ちにするつもりらしい。

——ふたりが、相手じゃァかなわねえ。

朴念は前後から攻撃されたら、太刀打ちできないと踏んだ。

金剛杖を両手で握ると、朴念はいきなり前に疾走した。巨熊のような巨体だが、意外に足は速い。

前方の男が足をとめて抜刀した。やや腰を沈め、八相に構えた。刀身を立て、切っ先で天空を突くような大きな構えである。

オオオッ！

朴念は猛獣の咆哮《ほうこう》のような声を上げて突進した。

凄まじい迫力である。常人なら、その巨体と迫力に圧倒されて、対峙《たいじ》していられなかっただろう。だが、前方に立った巨軀の男は、眉ひとつ動かさなかった。迫り来る朴念を見つめ、八相から斬り下ろす機を見極めようとしている。

一気に、朴念との間合がせばまった。

巨漢同士がそのままぶつかり合うかに見えた瞬間、巨軀の男が、
タアッ！

と、裂帛の気合を発しざま、八相から袈裟《けさ》に斬り落とした。

鋭い斬撃だったが、朴念は走りざま金剛杖をふるってその刀身をはじいた。刀身と金剛杖のはじき合うにぶい音がし、刀身が流れたように見えた瞬間だった。巨軀の男の腰が沈み、刃光が稲妻のように疾《はし》った。

次の瞬間、朴念の右の脇腹に疼痛がはしった。巨軀の男が俊敏な体捌きで二の太刀をふるったのだ。八相からの袈裟斬りは、二の太刀をふるうべき捨て太刀といっても

よかった。大柄な武士は初めから、二の太刀で仕留めようとしていたのである。

だが、それほどの傷ではなかった。朴念の強力が強い打撃を生み、巨軀の男の刀身を大きくはじいたため、返しの二の太刀が一瞬遅れたのだ。

朴念は足をとめなかった。一気に、巨軀の男の脇を走り抜けた。ここは、逃げるしか助かる術《すべ》はなかったのである。

巨軀の男は反転し、後ろから駆け寄ってきた長身の男とともに朴念の後を追ったが、朴念との間はいっこうに狭まらなかった。

「おい、後は三浦《みうら》にまかせよう」

そう言って、巨軀の男は足をとめた。

すると、長身の男も走るのをやめ、遠ざかっていく朴念の後ろ姿をうす笑いを浮かべて見送った。

5

——痛えな、もうすこしで、御陀仏《おだぶつ》になるところだったぜ。

朴念は胸の内で、ぶつぶつと悪態を吐きながら腹を押さえて歩いた。

それほど深い傷ではなかったが、出血は多いらしく、血を吸った黒の法衣からポタポタと赤い滴《しずく》が地面に落ちていた。傷口を押さえた掌《てのひら》も、赤く染まっている。

——おれとしたことが、孫八の二の舞だぜ。

朴念は極楽屋へもどって、島蔵に傷の手当てをしてもらおうと思った。止血さえすれば、命にかかわるような傷でないような気がした。

朴念は大川端を川下にむかって歩いた。吾妻橋のたもとを抜け、北本所から深川へとむかった。

その朴念の跡を尾けている人影があった。下屋敷にいた鼻梁の高い男である。男は朴念の半町（約五十メートル）ほど後ろにいた。物陰に身を隠すようなことはなく、町行く人の流れに合わせて歩いている。巨漢で黒い法衣姿の朴念は、人混みのなかに入っても目立つので、見失うことはないのだろう。

朴念は深川の町筋を抜けて極楽屋に着いたとき、辺りは深い夜陰につつまれていた。店の縄暖簾を分けて土間に立つと、さすがの朴念も疲労と痛みとで体がよろめいた。

「朴念、どうした！」

ちょうど板場から店に出てきた島蔵が、慌てて朴念の体を抱きかかえた。

「は、腹を、斬られちまったぜ」

朴念は荒い息を吐きながら言った。

「早く、横になれ」

島蔵は、朴念の腕を取って巨体を支え、土間のつづきの座敷に連れていった。


極楽屋の戸口から、淡い灯が洩れていた。辺りは深い夜陰にとざされ、そこだけが明らんでいる。周囲の叢《くさむら》から聞こえてくる虫の音に混じって、かすかに男の濁声が聞こえてきた。

鼻梁の高い男は、要橋をわたった先の闇のなかに立っていた。朴念の跡をここまで尾けてきたのである。納戸色の小袖と袴は夜陰に溶けて、その輪郭さえ分からない。店先から覗く者がいても、男の姿を見ることはできないだろう。

——こんなところに、一膳めし屋があるのか。

男は、闇のなかに佇《たたず》んだまま耳を澄ましていた。店のなかで何か騒ぎが起こるかもしれないと思ったのである。

朴念、という声だけは聞こえたが、後は聞き取れなかった。朴念が、いま店に入っていった法体の男の名のようである。

騒ぎは起こらなかった。店のなかから、叫び声や取り乱したような声は聞こえてこなかったのだ。

――この店は、朴念とかかわりがあるようだ。

と、男は思った。

いっときして、男はきびすを返した。明日出直して、近所で店の様子を聞いてみるつもりだった。この店を探れば、朴念の正体が知れるだろうと思ったのである。

二日後の夕暮れどき、極楽屋に平兵衛と右京が姿を見せた。島蔵の使いが来て、店に呼ばれたのだ。

島蔵は平兵衛と右京を前にして。空き樽に腰を下ろすと、

「朴念がやられたよ」

と、渋い顔をして言った。

「なに、朴念が」

思わず、平兵衛が声を上げた。脇に腰を下ろしている右京の顔にも驚いたような表情があった。

「ああ、命に別状はないがな。腹をやられて、しばらく動けねえ」

奥で唸ってるよ、と島蔵が言い足した。

「相手は」

「孫八たちを襲った仲間だな。ま、朴念の口から聞いてみてくれ。話はできる」

そう言うと、島蔵は腰を上げた。

島蔵につづいて、平兵衛と右京は奥の座敷へむかった。そこは、孫八が寝ていた座敷だが、すでに孫八は自分の長屋へ帰っていた。

座敷の真ん中に敷いた布団に、朴念の巨体が横たわっていた。太鼓《たいこ》のような大きな腹に分厚く晒が巻かれている。右の脇腹にどす黒い血の色があった。

「旦那方か。油断したら、このざまだ」

朴念が照れたような顔をして言った。

顔は赭黒く、すこしこわばっていたが苦痛の表情はなかった。それほどの痛みはないのかもしれない。

「動くな。安静にして、早く傷口をふさがねばな」

平兵衛が布団の脇に膝《ひざ》を折りながら言った。

「孫八たちの二の舞だよ。襲われたのも大川端で、ほぼ同じ場所だ。やつら、おれを挟み撃ちにしやがった」

朴念は忌ま忌ましそうな顔をして、そのときの様子を話した。

「襲《い》ったふたりだが、孫八たちのときとは別人なのか」

平兵衛は、孫八から巨軀の武士とは聞いていなかったのだ。

「ひとりは背の高い男で、こいつは、孫八のときと同じやつらしい。もうひとりは別の男だな。でけえ図体で、眉の濃い男だ」

朴念は巨軀の武士の人相を話した。

「すると、相手は三人か。それも、遣い手たちのようだ」

平兵衛が言った。

「三人だけとはかぎらねえぜ。おれは、他にも仲間がいると見てるがな」

島蔵が大きな目で虚空《こくう》を睨むように見すえて言った。

「それにしても、向島の下屋敷には、よほど探られては都合の悪いことがありそうだ。それとも、何か別のわけでもあるのかな」

と、右京。

「いずれにしろ、このままひっ込むわけにはいかねえ。越前屋に頼まれたこともあるが、孫八と朴念が傷を負わされ、怖くなって手を引いたとなると、二度とおれのところへ殺しの仕事はこなくなる」

島蔵が低い声で言った。

殺しの稼業は信用が大事である。いかなる理由があろうと、受けた仕事から勝手に手を引くことは許されないのだ。

「だが、相手が腕のいい三人となると、片桐の旦那だけじゃァ荷が重い」

そう言って、島蔵は平兵衛に顔をむけると、

「ここは安田の旦那にも、一肌脱いでもらいてえ」

と、言い添えた。

「分かった。わしも、受けよう。ただ、すぐには仕掛けられんぞ」

平兵衛は殺しにかかるときは、ことのほか慎重だった。敵が何人いて、自分の腕で斬れるのかどうか見極めてからでなければ、仕掛けないのだ。そうした慎重さがあったからこそ、殺しの稼業を長年つづけられたのである。

「そりゃァもう、旦那方にお任せいたしやすよ」

島蔵はほっとしたような顔をした。島蔵にしても金になる仕事だったので、何とかやり遂げたかったのであろう。

それから、半刻（一時間）ほどして、平兵衛と右京は極楽屋を出た。島蔵は、飲んでいけ、と言ったが、断った。まだ、陽が高かったし、傷を負った朴念をそばに置い

て酒を飲む気にもなれなかったのである。

「どうだ、長屋に寄っていかんか」

要橋を前にして平兵衛が言った。右京の長屋は神田岩本町《いわもとちょう》にあったので、平兵衛の長屋は帰りの途中にある。

「では、また虎徹の話でもしましょうか」

右京の胸には、まゆみに対する思いもあるはずだが、そのことはおくびにも出さなかった。


平兵衛と右京が要橋を渡り、仙台堀沿いの道を歩き始めたとき、要橋のたもとちかくの草藪のなかに身をひそめていた男が立ち上がった。鼻梁の高い男である。

男は朴念を尾けてきた翌日、吉永町界隈《かいわい》で極楽屋のことを聞き込み、今日は店に出入りする男を見張るつもりで、この場に身をひそめていたのである。

――あのふたり、ただ者ではない。

男は平兵衛と右京の姿を見たとき、そう感じた。

いっときして、平兵衛たちの姿が橋の向こうに遠ざかると、男は草藪から出て要橋を渡った。そして、平兵衛たちの跡を尾け始めた。

6

燭台の灯《ひ》が、男たちの顔を浮かび上がらせていた。向島にある重江藩下屋敷の奥座敷に、五人の男が座していた。いずれの顔にも険があった。五人は重江藩江戸家老、森重市郎左衛門、それに四人の藩士である。四人のなかには、孫八や朴念を襲った鼻梁の高い男、長身の男、巨軀の男の三人がいた。

森重は五十がらみ、恰幅《かっぷく》がよく、赤ら顔で艶《つや》のある肌をしていた。いかにも精力に溢《あふ》れているような感じである。唇の端に微笑が浮き、おだやかそうな表情をしていたが、双眸は燭台の灯を映して熾火《おきび》のようにひかっていた。

「吉場《よしば》、これまでの経緯を話してみろ」

森重が低い声で言った。

「妙な男たちでございます。当初は、身を変えて屋敷を探っていると思ったのですが、そうではないようです」

長身の男はそう前置きして、下屋敷を見張っていた孫八や朴念を襲ったときの様子を話した。

長身の男の名は吉場宗次郎《そうじろう》。重江藩の徒目付《かち》だった。同席している鼻梁の高い男は三浦惣五郎《そうごろう》、先手組小頭である。巨軀の男は平沼小十郎《ひらぬまこじゅうろう》で、徒士組《かちぐみ》小頭だった。もうひとり、中背で目の細い男がいた。名は藤木欣之丞《ふじききんのじょう》、側役で森重の腰巾着《こしぎんちゃく》だった。下屋敷にも森重といっしょに来ることが多かった。

「その者たちは、小菅《こすげ》たちとかかわりがあるのか」

森重が訊いた。

小菅喜八郎《きはちろう》は重江藩の大目付で、森重に対立する重臣だった。江戸藩邸にいて、反森重派の中核である。

「いえ、かかわりはないと思います。まちがいなく町人や僧侶ですし……」

吉場が戸惑うような顔をして言った。自分でも正体が知れず、困惑しているようだ。

「町方ではないのだな」

「ちがうようです」

「うむ……」

森重も首をひねった。

すると、黙ってふたりのやり取りを聞いていた三浦が口をはさんだ。

「いずれも腕が立ち、仲間が何人もいるようでございます。それに、一味の住処《すみか》が知れました」

森重は三浦に顔をむけ、

「それで、武家の屋敷ではないのだな」

と、念を押すように訊いた。

「それが、辺鄙《へんぴ》なところにある一膳めし屋や長屋なのです」

三浦は平兵衛と右京の跡を尾け、庄助長屋までつきとめていたのだ。

「いずれも、主持ちの武士ではないようだが、それにしても、妙な連中だな。わが藩とかかわりがあるとは思えぬが」

森重は腑に落ちないような顔をした。

「此度《こたび》の件で、越前屋のあるじの久兵衛が、娘の死の真相を知りたいと、店の者に話したと聞いております。あるいは、久兵衛が金を出し、探索を頼んだとも考えられます」

三浦が言った。

「久兵衛には、使番の者が出向いて相対死だと伝えたのだが、納得しなかったのかな」

「いずれにしろ、始末してしまった方がよろしいかと。……それに、久兵衛も探索だけなら町方に働きかけましょう」

「探索だけではないというのか」

「はい、いずれも腕が立ちます。今後、われらの命を狙ってくるのではないかと見ております」

「刺客《しかく》か」

森重が驚いたような顔をした。

「刺客というより、金ずくで殺しを請け負う殺し人のような者たちかもしれませぬ」

三浦が一同に視線をまわしながら言った。

吉場や平沼はけわしい顔をしていたが、憶《おく》した様子はまったくなく、鋭い目で虚空を睨むように見すえていた。

そのとき、黙って聞いていた藤木が、

「ご家老、その者たちが、小菅たちに与《くみ》するようなことになると面倒ですな」

と、小声で言った。

「いずれにしろ、二度も下屋敷を探りに来たとなれば、このまま放置しておくわけにもいくまいな」

「いかさま」

三浦がうなずいた。

「町方にあやしまれぬよう、始末してしまえ」

森重が語気を強めて命じた。

それから小半刻(三十分)ほど、五人は森重に対立する小菅一派の動きや若い藩主である茂敏のことなどを話してから腰を上げた。

その夜、森重は下屋敷に泊まり、翌朝藤木をはじめ十余人の従者を引き連れ、駕籠で上屋敷に帰った。


下屋敷を出た駕籠の一行を、掘割沿いの樹陰から見つめている武士がふたりいた。野袴で草鞋履き、網代笠をかぶって顔を隠していた。ふたりは屋敷内から姿を見られないように用心して、すこし遠方の樹陰に身をひそめていたのだ。

「三浦たちは、下屋敷に残ったようだな」

肩幅のひろい、がっちりした体躯の男が言った。重い声の感じからすると、三、四十代であろうか。

「ここに身をひそめ、暗躍しているようです」

もうひとりは長身で、若そうだった。物言いは丁寧だが、声に憎悪を感じさせるひびきがあった。三浦たちに恨みを抱いているのかもしれない。

「そうらしいな。……どうする、駕籠を尾けるか」

年嵩《としかさ》の男が言った。

「上屋敷に帰るだけでしょう」

「ならば、屋敷に残った三浦たちの動きを探るか」

「はい」

ふたりは樹陰から、屋敷の方に目をむけた。遠方のため、屋敷内の様子は知れなかったが、屋敷から出て掘割沿いの道を通る者は見ることができた。

7

「それでは、出かけましょうか」

そう言って、右京が腰を上げた。

この日、右京は庄助長屋に来ていた。平兵衛と永山堂に刀を見に行くことになっていたのだ。むろん、永山堂のことはまゆみに対する口実で、平兵衛とふたりで向島へ行くつもりだった。

極楽屋からの帰途、右京が、

「下屋敷を探るより、付近の百姓か大名屋敷の中間にでも話を聞いた方が早いかもしれませんよ」

と、言い出した。近隣の百姓が、下屋敷に季節の野菜をとどけていると嘉吉から聞いていたし、弘福寺近くに他の大名の下屋敷もあったのだ。

「そうだな。重江藩の屋敷に近寄らねば、襲われることもあるまい。それに、屋敷内で何があったか、探らねば先へは進まんからな」

平兵衛は、すぐに同意した。孫八と朴念が傷を負って動けないので、右京と平兵衛が探索にくわわらねば、お藤の死の真相はいっこうに見えてこないのだ。

「では、まいろうか」

平兵衛も立ち上がった。

平兵衛はいつもと変わらぬ筒袖にかるさん姿だったが、腰に愛刀の来国光《らいくにみつ》、一尺九寸を帯びていた。身幅のひろい剛刀で、大刀の定寸より三、四寸短い。小太刀の動きを取り入れるため、平兵衛の手で刀身をつめたのである。

ときおり、護身のためと称して、平兵衛は来国光を腰に差して出かけることがあったので、まゆみも不審は抱かなかった。

平兵衛が土間に立ったとき、流し場にいたまゆみが、

「あたしも、そこまで、ごいっしょします」

と、言って、濡れた手を慌てて前だれで拭いた。

「まゆみ、どこへ行くのだ」

平兵衛が立ちどまって訊いた。いっしょに来てもらっては困るのだ。日本橋ではなく、向島へ行くのである。

「通りの魚屋で、父上の好物の鰯《いわし》でもと思って」

まゆみが、慌てて言った。

「そうか」

平兵衛は安堵した。通りの魚屋は長屋から三町ほど先である。そこまでなら、どうということはない。

平兵衛たちは三人は、路地木戸をくぐって通りへ出た。通りといっても細い路地である。そこは回向院の脇の表通りへ通じる道で、表長屋や小店などが軒を連ねていた。長屋の女房や遊んでいる子供の姿などが目につく。

まゆみは、肩を並べて歩く平兵衛と右京の後ろから跟《つ》いてきた。頰を赤らめ、俯《うつむ》

きかげんで歩いてくる。ときおり、顔を上げて右京の背に目をむけていた。どうやら、平兵衛の鰯は口実で、右京といっしょに歩きたかったらしい。

「まゆみどの、父上は鰯が好物なのですか」

右京がまゆみに訊いた。

「は、はい」

まゆみは、声をつまらせて返事をすると、すこしだけ右京に身を寄せた。

平兵衛は、こんなことなら、わしは別に来ればよかった、と思ったが、黙っていた。ただ、まゆみが右京と話しやすいように、ふたりからすこし離れてやった。

「片桐さまは、刀がお好きなようですね」

まゆみは、さらに右京に身を寄せた。

「ふりまわすのは苦手で、眺めているだけですが」

右京は口元に笑みを浮かべて言った。なかなかの役者である。

そんな三人の跡を尾けている者がいた。三浦である。この日、三浦は機会を見つけて平兵衛か右京を始末しようと、長屋につづく路地木戸を見張っていたのである。

魚屋の前でまゆみと別れた平兵衛と右京は、回向院の脇の表通りから大川端の道へ出た。川沿いの道を川上へむかえば、向島へ出られるのだ。

平兵衛たちが吾妻橋のたもとを過ぎ、水戸家下屋敷の前を通り過ぎたとき、背後から尾けてきた三浦の姿が消えていた。脇道に入ったらしい。そうした三浦の動きに、平兵衛たちはまったく気付いていなかった。

陽が対岸の浅草の家並の向こうへ沈みかけていた。七ツ半（午後五時）ごろであろうか。向島の大川端の通りには、ぽつぽつと人影があった。参詣客らしい男、ぼてふり、行商人、寺社が多いせいか雲水の姿もあった。

前方の土手に、枝葉を茂らせた桜並木がつづいている。右手の先には三囲稲荷神社や弘福寺の杜が見えていた。

「安田さん、右手に入ると、三囲稲荷の神社ですよ。行ってみますか」

桜並木に入ったところで、右京が言った。三囲稲荷神社近くに大名の下屋敷があると聞いていたのだ。中間か藩士をつかまえれば、重江藩下屋敷のことが聞けるのではないかと思ったようだ。

「片桐さん、ここから先は行けないようだぞ」

平兵衛が前方を見すえて言った。

桜の樹陰にいる人影を目にしたのだ。顔は分からなかったが、大柄な武士で二刀を帯びていた。

「ひとりですよ」

右京が言った。

「いや、もうひとりいる」

大柄な男のいる三間ほど先、桜の太い幹の陰にも人影があった。刀の鞘が見えるので、武士であることは分かるが、姿は一部しか見えない。

「どうします」

そう訊いたが、右京は戦う気になっていた。相手はふたり、味方もふたりである。

「やるしかないようだな。……それにしても、わしらのことがどうして分かったのであろうな」

ふたりは、あきらかに平兵衛たちを待ち伏せていたのである。

平兵衛と右京が足をとめたとき、樹陰からふたりの男が出てきた。三浦と平沼だった。ふたりは行く手をふさぐように前方に立った。

そのとき、平兵衛たちの背後の川岸近くの草藪が揺れ、男がもうひとり、姿をあらわした。吉場である。

「三人、おったか」

平兵衛は、孫八や朴念たちを襲撃した三人だと察知した。おそらく、平兵衛たちがここを通ると知っていて、三人で待ち伏せていたのだろう。

三人は、ゆっくりとした足取りで前後から迫ってきた。いずれも剣の手練《てだれ》らしく、腰が据わり、身辺からするどい殺気を放っている。

「後ろに、まわられるな」

そう言って、平兵衛は川岸を背にして立った。右京もすぐに川岸を背にし、平兵衛から二間ほどの間合を取った。背後からの攻撃をふせぐとともに自在に刀をふるえる位置を取ったのである。

「手練だぞ」

平兵衛の両手が震えていた。いつもそうだった。真剣勝負になると、気の昂《たかぶ》りと怯《おび》えから体が震えだすのだ。相手が強敵だと、その震えはさらに激しくなる。

走り寄った三人は抜刀し、平兵衛と右京を取りかこむように三方に立った。平兵衛と右京も刀を抜いた。

8

平兵衛と対峙したのは、三浦だった。構えは青眼《せいがん》。刀身をやや低くし、切っ先が平兵衛の喉《のど》につけられている。切っ先に、そのまま喉を突いてくるような威圧があった。しかも、相手の体が切っ先の向こうに遠ざかったように見えた。剣尖《けんせん》の威圧が、間合を遠く見せているのだ。

——できる！

と、平兵衛は思った。

いつの間にか、平兵衛の顫《ふる》えはとまっていた。怯《おび》えも消えている。敵の切っ先が眼前に迫ると、戦いの本能が興奮や恐れを霧散させてしまうのだ。ただ、いつもそうではない。酒に頼らなければ、震えがとまらないときもある。

平兵衛は刀身を左肩に担ぐような逆八相に構えた。必殺剣「虎《とら》の爪《つめ》」の構えだった。平兵衛が多くの真剣勝負のなかで会得した一撃必殺の剣である。

この逆八相の構えから、一気に敵の正面に身を寄せる。すると、敵は身を退くか、正面に斬り込んでくるしかなくなる。

身を退けば、さらに踏み込み、正面に斬り込んでくれば、刀を跳ね上げて敵の刀身をはじき、返す刀を袈裟に斬り落とすのだ。

敵の右肩から入った刀身は、鎖骨と肋骨《ろっこつ》を截断《せつだん》して左脇腹に抜ける。そのさい、大きくひらいた傷口から截断された骨が覗き、それが猛獣の爪のように見えることから虎の爪と称していた。

――初手は左手か。

平兵衛は、迂闊《うかつ》に仕掛けられないと察知した。

左手で長身の男が、八相に構えていた。平兵衛が動けば、正面の男より先に左手から斬り込んでくるはずである。その斬撃をかわそうとすれば、一瞬の隙を衝《つ》いて正面の男が斬り込んでくるだろう。

一方、右京は巨軀の男と対峙していた。右京は青眼。大柄な男は刀身を垂直に立てて天空を突くような大きな八相に構えていた。

――右京も迂闊に動けぬ。

と、平兵衛は見た。

巨軀の男も手練だった。その構えと体軀から見て、八相からの斬撃は剛剣であろう。頭上で受けたりすると、そのまま斬り下げられる恐れがある。

平兵衛と対峙した男が、ジリジリと間合をせばめてきた。槍の穂先が喉元に伸びてくるような威圧がある。

平兵衛は前方と左手から攻められ、腰が浮きそうになった。このままでは斬られる、と平兵衛は感じた。

イヤアッ！

瞬間、平兵衛の喉から、激しい気合がほとばしり出た。追いつめられた平兵衛が無意識のうちに発したのだ。同時に、平兵衛が動いた。

逆袈裟に構えたまま、一気に正面の敵に身を寄せた。虎の爪の寄り身である。

一瞬、正面にいた男が瞠目《どうもく》した。平兵衛の寄り身の迅《はや》さに驚いたらしい。だが、すぐに表情を消し、全身に斬撃の気をみなぎらせた。

平兵衛が斬撃の間合に入るや否や、正面の敵が動いた。

タアッ！

鋭い気合を発し、青眼から真っ向へ。迅雷のような斬撃だった。

間髪を入れず、平兵衛は逆袈裟から刀身を掬《すく》うように撥ね上げた。

キーン、という甲高い金属音がひびき、二筋の閃光がはじき合った。同時に、ふたりは二の太刀をふるうべく、刀身を返した。その瞬間だった。左手にいた長身の男が八相から斬り込んできた。

間一髪、平兵衛は身を引いてその斬撃をかわしたが、虎の爪の斬撃は空を切った。次の瞬間、平兵衛の右肩にかるい衝撃がはしった。正面にいた男の二の太刀が肩先をとらえたのである。

だが、傷は浅かった。平兵衛は大きく背後に跳ね飛び、間合を取ってふたたび逆八相に構えた。正面の男は青眼に構え、長身の男は左手で八相に構えている。

「次は、おれが斬ろう」

長身の男がくぐもった声で言った。

──かなわぬ！

と、平兵衛は思った。

ふたりが相手では、虎の爪も通じなかった。次は、ふたりのうちのどちらかに斬られるだろう。

一方、右京も巨軀の男に苦戦しているらしかった。着物の肩先が裂かれている。ただ、肌に血の色はなかったので、傷を負ってはいないようだ。

──逃げねば、ふたりとも斬られるぞ。

平兵衛はそう思ったが、逃げ場はなかった。それに、平兵衛が隙をついて逃げたとしても、右京が三人を相手にすることになるのだ。

平兵衛は一か八か、長身の男に虎の爪を仕掛けてみるしか手はないと踏んだ。そして、半歩下がりざま、長身の男に身をむけた。

そのときだった。前方から走り寄るふたりの武士の姿が見えた。網代笠《あじろがさ》をかぶり、さらに面垂れで、顔を隠している。

「助勢いたす！」

ひとりが、声を上げた。

すでにふたりとも抜刀し、刀身を八相に構えたまま疾走してきた。

平兵衛たちと対峙していた三人の男は、身を引いて間合を取ってから走り寄るふたりに視線をむけた。その顔に逡巡するような表情が浮いたが、平兵衛の正面にいた男が、

「引け！」

と声を上げて、反転した。すると、他のふたりも後じさり、間を取ってから反転して駆けだした。

平兵衛と右京は後を追わなかった。

「安田さん、肩から血が！」

右京が驚いたような顔をして歩み寄った。

「なに、かすり傷だ」

平兵衛は右の肩先に目をやった。皮肉が裂けて血が流れ出ていたが、それほどの傷ではなかった。ただ、もう一寸、敵の切っ先が伸びていたら、鎖骨を截断されていたかもしれない。

「それより、わしらを助けてくれたふたりだが……」

そう言って、平兵衛は近寄ってきたふたりの武士に目をむけた。

9

「われら、重江藩の家臣でござる」

肩幅のひろいがっちりした体軀の男が言い、面垂れを取った。三十半ばであろうか。頰骨の張った眼光のするどい男である。

もうひとりは若い男だった。面長で、浅黒い肌をしていた。平兵衛にむけた目に刺すようなひかりが宿っている。

「なにゆえ、わしらを助けてくれたのだ」

平兵衛は川下にむかって歩きながら訊いた。この場につっ立って話すわけにはいかなかったし、襲撃した三人が助勢を連れてもどってくるかもしれないのだ。

「われらは、そこもとたちを襲った三人を尾けていたのです」

年嵩《としかさ》の男は、平兵衛たちを助けた理由をはっきり言わなかった。

「そこもとたちは、目付筋の方でござろうか」

右京が訊いた。

「いや、そうではないが、事情がござって……。ところで、そこもとたちは、わが藩の下屋敷を探っていたようだが」

年嵩の男が平兵衛に顔をむけて訊いた。

「越前屋の所縁《ゆかり》の者といえば、察していただけようか」

平兵衛は、それしか言えなかった。金ずくで人を斬る殺し人であることは、秘匿しておかねばならない。

「そういうことか」

年嵩の男は、つぶやくような声で言い、いっとき黙考していたが、腹をかためたようにちいさくうなずくと、

「そこもとたちとわれらは、同じ敵を討とうとしているようでござる」

と、平兵衛を見つめながら言った。

「同じ敵とは？」

「まだ、はっきりしたことは分からぬが、さきほどの三人が、かかわっているのはまちがいないとみております」

「あの三人は、何者かな」

平兵衛が訊いた。

「その前に、わが藩の恥ゆえ、他言はせぬと約束していただけようか」

「分かった。……そちらも、わしらのことは詮索せぬよう願いたいが」

平兵衛だけの問題ではなかった。殺し人であることが知れれば、右京はもちろん、島蔵をはじめとする殺し人たちを窮地に追い込むことになるのだ。

「承知しております」

「わしは、刀研ぎを生業《なりわい》としている安田平兵衛」

平兵衛がそう言うと、

「わたしは牢人の片桐右京です」

と、右京も名乗った。

「それがしは、重江藩、勘定方、須貝又八郎《すがいまたはちろう》にござる」

須貝につづいて、若い武士が馬役の青柳一馬《あおやぎかずま》と名乗った。

「それで、わしらを襲った三人は」

あらためて、平兵衛が訊いた。

「国許より差し向けられた刺客《しかく》にござる」

「刺客とな」

「いかさま。三人は、江戸家老、森重市郎左衛門の飼い犬でござる」

須貝の声に、怒りのひびきがあった。

藩主の茂敏はまだ元服したばかりということもあって、父親である盛明の言いなりになっていた。それをいいことに、森重は盛明に取り入って藩政を思いのままに動かしているという。

そして、森重の専横に抵抗しようとする家臣たちを弾圧し、ときには暗殺という卑劣な手段もとるそうである。

すでに、須貝とともに森重不正を探っていた勘定吟味役の田代敏蔵《たしろとしぞう》なる者も森重派の手によって暗殺されたという。

「暗殺役が、さきほどの三人でござる」

須貝は、三人の名を口にした。鼻梁の高い男が三浦惣五郎、長身の男が吉場宗次郎、巨軀の男が平沼小十郎とのことだった。

「三人は、国許の城下に道場のある三浦一刀流の門人で、いずれも藩内では名の知れた遣い手でござる」

三浦一刀流は、一刀流を学んだ三浦長門《ながと》なる者が国許でひらいた流で、長門は三浦惣五郎の祖父にあたるそうだ。現在、三浦惣五郎は師範代格だという。

須貝が三浦一刀流のことを話し終えたとき、それまで黙って聞いていた青柳が、

「森重は大殿を籠絡するために、藩費を湯水のごとく遣っているのです」

と、怒りに声を震わせて言った。

青柳によると、森重は盛明の機嫌をとるために、華美を凝《こ》らして下屋敷を改築して隠居所としたり、季節ごとに贅沢な遊山や宴席を催したりしているという。

「森重は大殿のご機嫌をうかがうためと称しておりますが、その実、森重自身が下屋敷を己の別邸のごとく使い、遊山や宴席なども己の楽しみのために催している節もあるのです。なにせ、大殿は病弱であらせられるし……」

須貝は語尾を濁した。まだ、確証がないからであろう。

「藩内の様子は分かったが、越前屋の娘と景山佐之助なる者の死はどう結びつくのです」

平兵衛が知りたいのは、そのことだった。

「はっきりしたことは分かりませんが、相対死ではござらぬ、……景山はわれらの同志で、ひそかに森重の身辺を探っていたのです。おそらく、越前屋の娘と顔を合わせたこともござるまい」

須貝によると、景山は剣の遣い手で、田代の身辺警護もかねて森重の使う藩費の流れを探っていたという。

「うむ……」

景山とお藤は、相対死に見せかけて殺されたようだ。直接手を下した者は分からぬが、三浦たちとみていいのではないか。

「それだけではないのです」

青柳が強い口調で言った。

「半年ほど前、やはり下屋敷に宴席に出た萩江《はぎえ》なる者が、懐剣で喉を突いて自害しております」

「そのことは、聞いている」

平兵衛は、名は知らなかったが奥女中が自害したことは、久兵衛の話として右京から聞いていた。

「萩江どのは、下屋敷内の宴席で辱《はずかし》めを受けた旨を書き遺して死にました」

青柳が足元に視線を落とし、絞り出すような声で言った。

すると、須貝が平兵衛に身を寄せ、

「萩江どのは、青柳の許嫁だったのです」

と、小声で言った。

青柳は国許にいたが、萩江の死を知り、真相を知りたいと思って江戸勤番を願い出たという。そして、三か月ほど前に出府し、現在は小菅の配下の反森重派のひとりとして動いているそうである。

「そうか」

平兵衛は、青柳が憎悪をあらわにしていた理由が分かった。許嫁を自害にまで追い込んだ森重たちに対する深い恨みがあるらしい。

「安田どの、片桐どの、われらに手を貸していただけようか」

須貝が足をとめて訊いた。

平兵衛たちも足をとめた。四人は吾妻橋のたもと近くまで来ていた。すでに、暮れ六ツ（午後六時）過ぎ、辺りは淡い暮色につつまれていたが、橋のたもとにはちらほら人影があった。橋のたもとまで行けば、こうした話はできなくなろう。

「手を貸すなど畏《おそ》れ多いし、わしらにそんな力はないのでな。……わしらは、越前屋の娘が死んだわけをつきとめ、相応の始末をつけるだけのことだ」

平兵衛は重江藩の内紛にかかわりたくなかった。それに、ひそかに闇にまぎれて始末せねばならぬ殺し人の身だった。

「青柳どの、焦ると、萩江どのの敵を討つどころか敵の思う壺だぞ」

右京がつぶやくような声で言った。

右京には雪江《ゆきえ》という許嫁がいたが、剣術道場の同門だった男の横恋慕で凌辱され、自害していた。そうしたことがあったので、右京は青柳の気持ちが自分のことのように思えたのだろう。

「わしらは、そこもとたちの邪魔はせぬ」

平兵衛はそう言い残して、ゆっくりと歩きだした。

第三章　伏魔殿《ふくまでん》

1

「片桐どの」

右京が岩本町の長屋を出ると、路地木戸の前に青柳が立っていた。青柳は右京の姿を目にすると、小走りに近寄ってきた。

「よくここが分かったな」

右京は向島で青柳と須貝に会ったとき、片桐どのの住居《すまい》はどこかと訊かれ、岩本町の長屋とだけ答えておいたのだ。

「岩本町を歩きまわり、やっと探し当てました」

青柳は笑みを浮かべて言った。口元から皓《しろ》い歯がこぼれている。向島で会ったときとはちがって、屈託《くったく》のない顔をしていた。

「そばでも食わぬか」

七ツ（午後四時）ごろだったが、右京は昼食がまだだったので腹がすいていた。何か腹に入れようと思い、長屋を出てきたところだったのだ。

「いいですね」

青柳は相好《そうごう》をくずした。青柳も空腹なのかもしれない。

右京は青柳を近くのそば屋に連れて行き、店にいた小女《こおんな》に訊くと、奥の座敷があいているというので、そこに腰を落ち着けた。

そばと酒を頼み、一献《いっこん》酌み交わしたところで、

「ところで、おれに何か用か」

と、右京があらためて訊いた。

「はい、片桐どのに会っていただきたい方がいるのです」

「だれかな」

「小菅喜八郎さまです」

青柳によると、小菅は重江藩の大目付で江戸藩邸におり、森重に対抗する重臣だという。その小菅を中心に、森重の専横に藩の行く末を案じている十数人の藩士が集まり、森重の暴政と悪行をあばこうとしているというのである。

「向島でも話したとおり、われらは重江藩に口を挟むつもりはない」

右京は冷ややかな声で言った。

「いえ、われらに助勢してくれというのではないのです。森重一派は強大です。お互いに、力を合わせねば、勝てませせぬ」

青柳が熱っぽく言った。

「われらには、われらのやり方がある」

森重一派の悪政をあばく必要などないのだ。お藤を死に追いつめた者を暗殺すればいいのである。

「われらは、萩江どのやお藤どのが死なねばならなかったわけは、向島の下屋敷にあるとみております」

さらに、青柳がつづけた。

「うむ……」

右京も、向島の下屋敷には何かあるとみていた。

「あの屋敷は大殿の隠居所でござるが、その実、森重たちの悪行と陰謀の巣窟なのです」

「伏魔殿《ふくまでん》か」

「いかさま。……ですが、あの屋敷には三浦たち三人をはじめ、森重の手の者が何人もつめていて、迂闊に近付くこともできません」

「そうか」

孫八や朴念たちは、下屋敷の内情を知らずに近付いたために襲われたのだろう。

「向島の屋敷で何が行なわれ、萩江どのやお藤どのが、何ゆえ死ななければならなかったか、それをつかむだけでも、手を貸して欲しいのです。それに、勝手に動いたら敵を逃してしまうかもしれません」

青柳が思いつめたような顔で言った。

「そこもとは、萩江どのの敵《かたき》を討ちたいのだな」

敵を討つためにも、右京たちが勝手に動いては困るのだろう。

「はい、何としても」

青柳は強い口調で言った。

「そこもとには、手を貸そう」

右京は、青柳に許嫁の敵を討たせてやりたいと思った。右京には青柳の気持ちがよく分かった。雪江が自害したとき、右京も敵を討ちたいと強く思ったのである。

「小菅さまに会っていただけますか」

「それはできぬ。会わずとも、そこもとと連絡を取りあえば、それでよいではないか」

　右京は、重江藩の騒動にかかわりたくなかったし、小菅たちに束縛されるのは避けたかった。平兵衛や他の殺し人たちも同じであろう。

「分かりました。小菅さまには、そう話しておきます」

　青柳はそれ以上強要しなかった。

「ところで、そこもとたちは、今後どうするつもりだ。向島の下屋敷に探りを入れても、相手の餌食《えじき》になるだけのような気がするが」

　すでに、孫八と朴念が負傷し、右京たちも襲われていた。青柳と須貝が助勢してくれなければ、右京と平兵衛の命もなかったかもしれない。こう見てくると、三浦たちは下屋敷に網を張り、近付く者を狙っているとも考えられた。

「いつまでも、手をこまねいて見ているわけにもいきませぬ。こうなったら、下屋敷にいる森重の手の者をひとり捕らえ、口を割らせようと考えているのです」

「いい手だな」

　右京は、手っ取り早い方法だと思った。

「ですが、やはり、家中の者を捕らえて訊問するのは気が引けます」

　青柳が顔に苦悶の色を浮かべた。無理もない。対立している一派のひとりとはいえ、同じ家臣である。しかも、藩命でなく勝手に家臣を捕らえて拷訊《ごうじん》するのだ。後に、青柳たちが咎《とが》めを受けるかもしれない。

「助勢してもいいぞ。おれたちが捕らえるなら、気は楽だろう」

右京は、青柳たちがやらなければ、殺し人の手でやってもいいと思った。お藤の死の真相をつきとめるにしても八方塞《ふさ》がりで、打つ手がなかったのである。

「そういうことなら、すぐにも」

青柳は乗り気になった。

「ただ、だれを捕らえるかは、そちらで決めろ」

同じ重江藩の家臣なら、下屋敷につめている森重の手の者もつかんでいるだろう。

「分かりました。小菅さまにお伝えし、すぐにも片桐どのにお知らせします」

そう言うと、青柳は腰を上げた。

「そう慌てるな。せっかくだ、そばを食っていけ」

小女が運んできたそばに、まだ手をつけていなかったのだ。

2

一ツ橋通りには、大名屋敷や大身の旗本屋敷などがつづいていた。閑静な通りだったが、ときおり供連れの武士やお仕着せ姿の中間《ちゅうげん》などが、通り過ぎていく。

四ツ（午前十時）前だった。右京と青柳は、重江藩上屋敷の表門の見える武家屋敷の築地塀《ついじべい》の陰にいた。森重の腰巾着、藤木欣之丞の配下の永野仙之助《ながのせんのすけ》が出てくるのを待っていたのである。

青柳によると、永野は御使番《おつかいばん》で森重や藤木の使者役として動くことが多いそうだ。永野は向島の下屋敷にも度々出かけており、森重一派のことや下屋敷の内情などには詳しいはずだという。

右京と青柳は、網代笠を手にしていた。永野を捕らえるおりに、笠で顔を隠すつもりだったのだ。

「永野が、越前屋の娘と死んだ景山のことを探っていた節があります。おそらく、永野が景山のことを藤木に伝え、娘と相対死に見せて始末したにちがいありません」

青柳が言い添えた。

「いずれにしろ、永野に訊けば分かるだろう」

それからいっとき、右京と青柳は表門に目をむけていたが、永野は姿を見せなかった。

「そろそろ姿を見せていいころですが」

青柳によると、永野はこのところ連日のように上屋敷から下屋敷へ出向いているという。

「だれか、出てくるぞ」

そのとき、表門のくぐりから人影があらわれた。

羽織袴姿で二刀を帯びた武士である。中間をひとり連れていた。三十がらみ、小太りで赤ら顔の男である。

「永野です」

青柳が声を殺して言った。

「中間が邪魔だな」

「いっしょに捕らえますか」

「いや、逃がしてもいいだろう。おぬしはともかく、おれの顔は知るまい。それに、永野がいなくなったことは、すぐに分かるのだ」

中間が上屋敷にもどってことの次第を話しても、たいした影響はないだろう。そんなやり取りをしている間に、永野と中間は一ツ橋通りを神田川の方へむかっていく。やはり、向島の下屋敷へ行くらしい。

「よし、先まわりするぞ」

右京はそう言い置いて、築地塀の陰から通りへ出た。

右京と青柳は、昌平橋近くの神田川沿いで永野を待ち伏せて捕らえる手筈《てはず》をととのえていたのだ。

青柳によると、永野は神田川にかかる昌平橋を渡り、しばらく神田川沿いの道を大川方面に歩き、和泉橋《いずみ》のたもとを左手の路地へ入るという。それから御徒町《おかちまち》を抜けて浅草へ出、吾妻橋を渡って向島へ行くそうである。それが、永野の向島へ行くいつもの道順らしい。

右京が、柳原《やなぎわら》通りをたどって昌平橋を渡ると、たもとに嘉吉が待っていた。右京は捕らえた永野を別の場所に移すために、嘉吉に頼んで猪牙舟を用意してもらったのである。

「旦那、猪牙舟《ちょき》は、半町ほど先の桟橋につないでありやすぜ」

嘉吉が言った。

神田川の桟橋である。神田川を下り、大川へ出てから河川や掘割をたどれば、江戸市中のほとんどの地へ舟で行けるのだ。

「永野は屋敷を出た。舟で待っていてくれ」

「へい」

嘉吉はすぐにその場から離れた。

右京は橋のたもとから半町ほど川上にむかい、岸辺の柳の陰に身を隠した。神田川沿いの通りにはちらほら人影があったが、それほどの騒ぎにはならないだろう。

いっときすると、永野の姿が通りの先に見えた。中間を連れている。その永野の半町ほど後方に、青柳の姿があった。網代笠をかぶっている。

右京も網代笠をかぶった。青柳は直前に面垂れをつけて顔を隠すつもりらしいが、右京はそこまでするつもりはなかった。

永野が十間ほどに近付いたとき、右京は樹陰から出て行く手に立ちふさがった。後方の青柳が、右京の姿を目にして走りだした。

永野はギョッとしたように立ちすくんだが、すぐに後ろを振り返った。背後へ逃げようとしたらしい。だが、動けなかった。網代笠と面垂れで顔を隠した青柳の姿が、間近に迫ってきたのだ。

右京は抜刀し、刀身を脇に構えて疾走した。

「狼藉者《ろうぜきもの》！」

永野が甲走った声を上げた。顔が恐怖でひき攣《つ》っている。その場の状況を察したらしく、中間は怯《おび》えたように顔をゆがめて後じさりし始めた。

永野は腰の刀を抜いて、青眼に構えた。だが、腰が引けて、刀身が笑うように震えている。恐怖で体が顫《ふる》えているのだ。

かまわず、右京は永野に急迫した。中間は喉のつまったような悲鳴を上げ、反転して駆けだした。

ヤアアッ！

突如、永野が悲鳴とも気合ともつかぬ声を発し、青眼から刀を振り上げて斬り込んできた。だが、屁っぴり腰で、手だけを前に突き出したような斬撃だった。

右京は体をひらいてかわしざま、刀身を峰に返して胴を払った。

ドスッというにぶい音がし、永野の上体が折れたように前にかしいだ。そして、両膝を折って地面にうずくまると、左手で腹を押さえて呻き声を上げた。顔が蒼ざめ、苦痛にゆがんでいる。

そこへ、青柳が駆け付けてきた。

「や、やりましたね」

青柳が息をはずませて言った。

「すぐ、舟に連れていく」

右京は刀を納め、永野の右腕を取って立たせた。反対側に青柳がまわり、左腕をつかんで肩にまわした。

永野は抵抗しようとしなかった。肋骨《ろっこつ》でも折れたのか、立っているのもやっとのようである。

右京と青柳は永野の両腕を取って、肩に担ぐようにして嘉吉の待っている桟橋へむかった。

「旦那、ここでさァ」

桟橋に舫《もや》ってある舟の上で、嘉吉が手を上げていた。

永野を舟に乗せ、右京と青柳が乗り込むと、すぐに嘉吉が舟を出した。舟は神田川をすべるように大川へむかっていく。

右京たちは、舟を大川の河口の本湊《ほんみなと》町の桟橋に着けるつもりだった。本湊町に須貝の住む町宿《ちょうしゅく》があり、そこで永野を尋問する手筈になっていたのだ。

町宿とは、藩邸に入れなくなった藩士を町に居住させることである。武家屋敷ではなく、仕舞屋などの借家が多かった。

3

須貝の住む町宿は、本湊町の表長屋や小体な店などが軒を並べる通りの一角にあった。こぢんまりした家で、板塀がめぐらせてあった。妾宅を思わせるような家屋である。

右京たちは、永野を居間に使っている座敷に連れ込んでから、後ろ手に縛《しば》り上げた。

「手筈《てはず》どおり、捕らえたな」

須貝は永野を見すえて言った。

「う、うぬら、血迷ったか！　おれを、どうする気だ」

永野が声を震わせて言った。

すでに、青柳も面垂れを取っていたので、永野には正体が知れていたのだ。

「手荒なことはしたくないが、こうせねば、話すまいからな」

須貝はそう言ったが、顔はこわばっていた。やはり、家中の者を勝手に捕らえて拷訊するという後ろめたさがあるのだろう。

「うぬらに、話すことなどない」

永野が吐き捨てるように言った。

「ならば、おれに話せ」

右京が永野の前に立った。永野には、右京の表情のない顔が、かえって不気味に見えたことだろう。

「うぬは、何者だ。下屋敷を探っていた一味であろう」

永野は睨《にら》むように右京を見すえたが、顔は恐怖で蒼ざめていた。

「話を訊くのは、おれの方だ。……越前屋の娘、お藤を知っているな」

右京が訊いた。

「し、知らぬ」

永野はそう言って、右京から視線をそらせた。

「話す気はないか。ならば、その気にさせてやらねばならんな」

そう言うと、右京は刀を抜いて、切っ先を永野の鼻先に突き付けた。

「おれのことを教えてやろう。おれは、地獄に棲《す》む鬼でな。人を責めるときは、情け容赦ないぞ」

右京は抑揚のない静かな声で言った。表情のない顔とあいまって、聞く者を顫《ふる》え上がらせるような凄《すご》みがある。

「動くと、目を引き裂くぞ」

そう言って、右京は手にした切っ先を永野の額《ひたい》に当てた。そして、ゆっくりと刀身を横に引いた。切っ先の後に血の線が浮き、ふつふつと血が噴き、赤い縄簾《なわすだれ》のように流れ落ちていく。

永野は恐怖に目を剝《む》き、凍りついたように身を硬くしていた。その顔を幾筋もの血が赤く染めていく。

「どうだ、話す気になったか」

右京は切っ先を額から離した。

「お、おれは、何も知らぬ」

永野が声を震わせて言った。顔は血まみれで、目や口のなかにも流れ込んでいた。体が瘧《おこり》慄《ぶる》いのように激しく顫えている。

「ならば、次は一寸下だな」

右京は切っ先をこめかみに付けた。横に引けば、目を引き裂くことになる。

永野の顔が紙のように蒼ざめ、恐怖にひき攣《つ》った。顔の激しい震えで、こめかみに付けた切っ先が肌を切り、たらたらと血が頰をつたった。

「や、やめてくれ！」

永野が悲鳴のような声を上げた。

「もう一度訊く。越前屋の娘、お藤を知っているな」

右京が問うと、永野ががっくりと両肩を落とした。

「ああ……」

「お藤と景山を相対死に見せて、殺したのだな」

右京は刀身を下ろした。

「そ、そうだ」

「何にゆえ、ふたりを殺した」

「景山が、下屋敷へ入り込んで嗅ぎまわったからだ」

「お藤は？」

景山だけ殺すつもりなら、相対死に見せてお藤まで殺すことはなかっただろう。

「お、おれは、くわしいことは知らぬが、酒宴の後、お藤が取り乱し、騒ぎ出したからだと聞いている」

永野はうなだれ、途切れ途切れに話した。

「酒宴で、何があったのだ」

おそらく、お藤は狂乱の態だったのであろう。それに、お藤は外部に洩れてはまずいことが原因で、取り乱したにちがいない。景山が殺されたのは、お藤が狂乱した原因を嗅ぎつけたからではあるまいか。

「おれは、酒宴に出なかったが、変わったことはなかったと聞いている。大殿も顔を見せ、森重さまをはじめ同席した者も喜んでいたそうだ」

「何かあったのは、酒宴がおひらきになった後ではないのか」

右京が訊いた。お藤を狂乱させるようなことが起こったのは、家臣や他の奥女中などのいる宴席ではないような気がしたのだ。

「お、おれは、お藤が取り乱したと聞いているだけだ」

永野が声をつまらせて言った。

そのとき、右京の訊問を聞いていた青柳が、

「半年ほど前、自害した萩江どのは、下屋敷で辱《はずかし》めを受けたと書き遺している。下屋敷で何があったのだ」

と、声を荒らげて訊いた。

「お、おれが知っているのは、萩江どのは宴席の後で辱めを受けたということだけ

だ」

永野が狼狽したように首をすくめて言った。おそらく、永野も青柳と萩江の関係を知っているのだろう。

「隠居した大殿を楽しませるために、奥女中を人身御供《ひとみごくう》にしたのではないのか」

右京が永野を見すえて訊いた。宴席後、女子が辱めを受けたとなれば、まず考えられるのは無理強いされて体を奪われたということであろう。

「知らぬ。ちかごろ、大殿は病がちで女と閨《ねや》をともにするご気力もないと聞いているが、くわしいことは分からぬ」

永野が苦渋の顔で言うと、

「では、だれが、そのような非道な真似をしたのだ！」

いきなり、青柳が永野の襟首をつかんで叫んだ。

「し、知らぬ。その夜、下屋敷にいた者に聞いてみろ」

永野も声を大きくして言った。

「うむ……」

いずれしろ、お藤と萩江は下屋敷内にいた何者かに凌辱され、町人のお藤は取り乱したために殺されたのであろう。一方、武家の萩江は許嫁の青柳に己の誠を示すために、自害したと考えられる。

「ところで、景山を刺したのはだれだ」

右京が訊いた。景山は剣の遣い手と聞いていた。その景山を、相対死に見せるために心ノ臓を一突きで仕留めたのだから、かなりの手練である。

「三浦どのと、聞いている」

「やはり、そうか」

右京は、三浦か吉場だろうと見ていたのだ。

となると、お藤の胸を刺したのも三浦ということになりそうだ。お藤の胸にも同じような刺し傷があったのである。いずれにしろ三浦、吉場、平沼の三人を始末すれば、直接お藤に手を下した者を討ったことになるだろう。

右京が黙っていると、脇に立っていた須貝が、

「ところで、永野、三浦たち三人が、次に狙っているのはだれだ」

と、永野の顔を見すえて訊いた。

「小菅さまだ。それに、うぬらだ。……いずれ、皆殺しだぞ」

永野の口元に嘲笑が浮いたが、すぐに消えた。自分の置かれている状況を思い出したにちがいない。

「やはりそうか」

須貝の顔がけわしくなった。

それから、須貝は森重に与《くみ》している江戸藩邸にいる重臣たちの名を聞いた。予想外の大物もいたらしく、須貝の顔には苦渋の色が浮いた。さらに、下屋敷内にいる森重派の者を訊くと三浦たち三人にくわえ、常時五、六人の藩士が警護にあたっているという。ほかにも、隠居している盛明に仕えている家臣や奥女中、それに賄《まかな》いをする者などがいて、総勢十数人だそうである。

「おれを、帰してくれ。うぬらのことは口にせぬ」

話が途切れたところで、永野が哀願するような声で言った。

「そうはいかぬ。かわいそうだが、おぬしの行き先は冥途《めいど》だ」

言いざま、右京は手にしていた刀で永野の胸を突いた。訊問後、永野を生かしておくことはできなかったので、はじめから始末するつもりだったのである。

4

燭台の灯《ひ》が障子の隙間から入った風に揺れ、車座になった四人の男の顔の陰影を乱していた。

向島の下屋敷。奥座敷にいるのは、三浦、吉場、平沼、それに藤木である。四人の顔には屈託の色があった。

このところ、下屋敷の主である盛明は、気に入った奥女中を侍《はべ》らせて数寄屋造りの別棟に籠っており、下屋敷は森重派の密談場所に使われることが多かった。

「永野が姿を消したぞ」

藤木が渋い顔で言った。

永野が右京たちに捕らえられ、拷訊された翌日だった。さっそく、藤木が下屋敷にあらわれ、三浦たち三人を集めたのである。

「どういうことだ」

平沼が驚いたような顔をして訊いた。

「昨日、永野は中間の多助《たすけ》を連れて上屋敷を出たままもどらぬ」

「多助も、もどらんのか」

吉場が訊いた。

「いや、多助は上屋敷に逃げもどってきた。多助が言うには、神田川沿いの道で、突然ふたりの武士に襲われたが、その後のことは分からないそうだ」

「襲ったのは、大目付一派ではないのか」

「それが、ひとりは牢人のように見えたというのだな」

「やつらだ！」

三浦が声を上げた。

吉場と平沼が、顔をけわしくしてうなずいた。三人とも大川端でやり合った平兵衛と右京が脳裏をよぎったのだ。

「それで、もうひとりは」

三浦が訊いた。

「笠と黒布で顔を隠していたそうだが、身装《みなり》は藩士らしいとのことだ。それに、若い感じがしたという」

「そいつは、大目付派の者かもしれんな。となると、得体の知れぬ男たちと大目付一派が結びついたとも考えられるぞ」

「何か、手を打たねばならんな」

藤木が渋い顔をした。

「どのみち、斬るしかあるまい」

と、三浦。

「得体の知れぬ男たちだが、正体はまったくしれんのか」

「いや、分かっている。ふたりだけだが、名もな。ひとりは安田平兵衛、おもて向き研ぎ師を生業《なりわい》にしているようだ。もうひとりは片桐右京、この男は牢人のようだ」

三浦が平兵衛と右京の跡を尾けて本所相生町の庄助長屋をつきとめ、その後、近所で聞き込んでふたりの名や生業をつかんだのである。

「住処《すみか》も分かっているのか」

藤木が訊いた。

「安田の塒《ねぐら》はな」

「深川吉永町の一膳めし屋も分かっているではないか。極楽屋と聞いたが」

「あそこが、きゃつらの巣かもしれん」

「そこへ踏み込んで、一気に始末してしまったらどうだ」

「きゃつらの殺しの腕をあまく見ると、大怪我をするぞ。一気に勝負をつけようとして踏み込めば、こちらも大勢殺《や》られような」

三浦の謂《いい》には説得力があった。

「では、どうするのだ」

藤木が苛立ったような声で訊いた。

「この屋敷におびきいれて、始末するつもりだ」

そう言って、三浦は一同にするどい目をむけた。

「どうやって、おびき入れるのだ。きゃつらも、用心して屋敷内までは侵入して来んだろう」

「囮《おとり》を使う」

「囮だと」

藤木が驚いたような顔をした。

「そうだ。男どもを呼び寄せる雌鳥《めんどり》をな。……そして、きゃつらが、雌鳥に目をむけている間に、大目付を討つのだ」

三浦が目をひからせて言った。底びかりのする目である。

それから、三浦は声を落として三人の男に自分の策を話した。三浦からひと通り話を聞いた藤木は、

「女もいろいろ使いようがあるな」

と言って、口元にうす嗤いを浮かべた。

翌日の七ツ（午後四時）ごろ、三浦、吉場、平沼の三人は羽織袴姿で下屋敷を出

た。二刀を帯びた三人の姿は、軽格の御家人に見えるだろう。

三人は、屋敷のそばの掘割の桟橋につないであった猪牙舟に乗り込んだ。

桟橋といっても掘割の岸ちかくに杭を打ち、厚い板を渡しただけの簡素な作りで、舫ってある猪牙舟は重江藩の持ち舟が二艘だけである。

舟の櫓を握っているのは、栄蔵《えいぞう》という中間だった。ただ、中間のような格好はしていなかった。棒縞《ぼうじま》の単衣を裾高に尻っ端折りし、手ぬぐいで頬っかむりしていた。栄蔵は三浦たちから相応の金をもらって、手先のように動いていたのである。

「舟を出しやすぜ」

栄蔵は舟を桟橋から離すと、水押《みお》しを大川の方へむけた。

舟は大川へ出ると下流にむかい、吾妻橋と両国橋《りょうごくばし》をくぐってから左手の竪川へ入った。

風のない日だった。西にかたむいた陽が、竪川の水面を金箔《きんぱく》を張ったようにひからせている。

「旦那、どこへ着けやしょう」

櫓を手にした栄蔵が訊いた。

「二ツ目橋の手前に、ちいさな桟橋があったはずだ。そこに、着けてくれ」

竪川には、河口ちかくから一ツ目橋、二ツ目橋、三ツ目橋と順にかかっていた。三浦は庄助長屋の近くで聞き込みをしたおり、二ツ目橋ちかくの桟橋を見ておいたのである。

「承知しやした」

それから、いっときして栄蔵は舟を桟橋に着けた。

5

「栄蔵、頼むぞ」

三浦が声をかけた。

武士の格好をした三浦たちが長屋へ踏み込むと、住人たちが不審の目をむけ、騒ぎ立てるかもしれない。そうなると、平兵衛親娘《おやこ》に気付かれて逃げられる恐れがあった。

そこで、栄蔵が長屋に入り込み、まず平兵衛親娘の所在を確かめることになっていたのである。

「それじゃア、ちょいと、長屋を覗いてきやす」

栄蔵は舟を杭につなぐと、舟から桟橋に飛び下りた。栄蔵には、庄助長屋の場所、それに平兵衛とまゆみのことを話してあった。

三浦たち三人も舟から下り、通りから桟橋につづく石段に腰を下ろして栄蔵がもどってくるのを待った。

それから、小半刻（三十分）ほど経った。陽が西の家並の向こうに沈みかけ、三浦たちのいる石段を淡い影がつつんでいた。いくらか風が出てきたらしく、川岸の繁茂した葦《あし》や芒《すすき》が、さわさわと揺れている。

「三浦、もどって来たぞ」

平沼が胴間声で言った。

見ると、栄蔵が走ってくる。慌てているようだ。

「だ、旦那、娘は長屋を出ていやすぜ」

栄蔵が肩で息しながら言った。

「長屋にはいないのか」

「それが、惣菜でも買いに出たらしいんで」

栄蔵が早口に話したことによると、庄助長屋の井戸端で洗濯をしていた女房に、むかし平兵衛さんに仕事を頼んだ者だが、娘さんを世話したいという旦那がいやして

ね、と縁談を匂わすような物言いをして、平兵衛親娘のことを訊くと、

「平兵衛さんは家で仕事をしてるらしいけど、まゆみさんは、いましがた使いに出たようだよ」

と女房のひとりが、しゃべったのである。

「いまごろ使いかい。じきに陽が沈むぜ」

栄蔵は、それとなくまゆみの行き先を訊いた。

「夕餉に使う青菜でも買いにいったんじゃァないかね。笊《ざる》を持ってたから」

「それじゃァ、出直してくるかな」

それだけ聞くと、栄蔵はきびすを返して駆けもどってきたという。

「願ってもない機だぞ」

三浦は立ち上がった。まゆみひとりで長屋を出ているのなら、平兵衛とやり合わずに攫《さら》うことができる。騒ぎを起こさずに済むかもしれない。

「よし、おれも行く」

吉場が勢いよく立つと、平沼もつづいた。

「待て、吉場はここにいてくれ。相手は娘ひとりだ。平沼に頼もう。なにせ、平沼は強力だからな」

三浦は娘を抱えてくるような状況になれば、平沼の強力が役立つと思ったのである。

「分かった。おれは、栄蔵と舟にいよう」

「すぐ、もどる」

言い置いて、三浦は平沼とともに石段を駆け上がって通りへ出た。

竪川沿いの通りから庄助長屋へつづく通りへ出ると、三浦は小走りに長屋の方へむかいながら、通り沿いの八百屋を探した。まゆみの顔は知らなかったが、笊をかかえた娘を探すのである。

「あそこに、八百屋がある」

三浦が言った。

店先の台に青菜類、瓜、茄子《なす》、芋類などが並べられ、その先には漬物樽などが並んでいた。長屋の女房らしい大年増がふたり、店先の品物を品定めしていた。まゆみらしい娘の姿はない。

三浦と平沼が、店に近付いて奥を覗くと、娘らしい人影があった。

——いた！

三浦が胸の内で叫んだ。

笊をかかえた若い娘が、親爺に銭を渡しているところだった。笊には茄子と瓜が入っている。

娘が親爺に何か声をかけられ、頬を赤らめながら出てきた。親爺が、娘を恥ずかしがらせるような浮いた話でもしたのかもしれない。

——なかなかの美形だ。

と、三浦は思った。

娘は色白で目鼻立ちのととのった顔をしていた。それに、身装《みなり》は質素だったが、長屋の娘とはちがう気品のようなものがある。

三浦と平沼は店を通り過ぎ、娘が出てくるのを待った。

「娘御、しばし」

三浦が近付いて声をかけた。平沼は二間ほど後ろにひかえている。

「何でしょうか」

娘の顔に訝しそうな表情が浮いた。当然であろう。突然、路傍で見ず知らずの武士に声をかけられたのである。

ただ、まだ暮れ六ツ（午後六時）前で、通りにはちらほら人影があった。仕事帰りのぼてふり、職人、使いに出た女房、まだ遊んでいるらしい子供の姿もあった。そのため、娘は危害をくわえられるとは、思わなかったようだ。

「それがし、柴田稲右衛門《しばたとうえもん》ともうしまする。そこもとは、安田平兵衛どのの娘御ではござらぬか」

三浦がもっともらしい顔で訊いた。柴田稲右衛門は咄嗟《とっさ》に頭に浮かんだ偽名である。

「はい、まゆみともうします」

まゆみが、小声で答えた。

「おお、それは助かった。長屋まで行かずに済みました。実は、それがし、後ろにおる中村《なかむら》ともども、安田どのに刀の研ぎをお願いし、いい仕事をしていただいて助かっておるのです」

三浦が後ろの平沼を振り返って言った。中村も偽名である。

「そうでしたか」

まゆみの顔にほっとしたような表情が浮いた。平兵衛の仕事のことまで知っているので、三浦のことを信じたらしい。

「それで、安田どのにお渡ししたい物がございましてな。すぐ、そこまで持ってきてありますので、まゆみどのが受け取ってくだされ」

「何でしょうか」

まゆみは小首をかしげた。

「見ていただければ、分かります。すぐそこの、竪川縁《べり》です」

「でも、長屋に立ち寄って、父上に話していただいた方が……。長屋は近いし、父上もおりますので」

まゆみが逡巡するように言った。

「安田どのに、まゆみどのから渡していただきたいのです」

三浦は、さァ、それがしといっしょに、と言って、まゆみをうながした。

「でも……」

まゆみの顔に困惑するような表情が浮いた。

そのとき、三浦のそばにいた平沼がまゆみの背後にまわり込んできた。そして、まゆみの肩先に身を寄せ、

「どうあっても、いっしょに来ていただきますぞ」

と、低い声で言った。その声には恫喝《どうかつ》するようなひびきがあった。

「……！」

瞬間、まゆみの顔から血の気が引いた。

――わたしを攫うつもりだ。

と、察知したのである。だが、まゆみは恐怖で身が竦《すく》み、凍りついたようにつっ立ったまますぐに声が出なかった。

「娘、騒ぐな」

平沼が手早くふところから手ぬぐいを取り出し、まゆみに猿轡《さるぐつわ》をかませた。

まゆみの手から笊が落ち、茄子と瓜が地面に落ちて転がった。まゆみは、恐怖に目を剝いて逃げようとしたが、平沼の万力のような強力で両肩を押さえられてどうにもならなかった。

一方、三浦は細紐を取り出すと、まゆみの胸のあたりにまわして縛り上げ、両手の自由を奪った。当初からそうするつもりだったらしく、一瞬の素早い処置である。

三浦が細紐でまゆみを縛ると、平沼が太い腕をまゆみの腰にまわし、抱え上げるようにして歩きだした。

その様子を目にした者が何人かいた。ちかくの店先にいた長屋の女房や店の親爺である。目撃した者たちは、咄嗟に声が出なかった。何が起こったか、分からなかったからである。ふたりとも身拵えは歴とした武士だった。人攫いや追剝ぎには見えない。それが人通りのある場所で町娘に猿轡をかませ、抱えるようにして小走りに去っていくのだ。目撃者たちは呆気に取られて、言葉を失っているしかなかったのだ。

　三浦たちが遠ざかってから、

「いまの娘《こ》、うちの長屋のまゆみさんじゃないかい」

　路傍で見ていた庄助長屋に住むおまきという女房が言った。

「そ、そうだよ」

　もうひとり、赤子を背負った女房が声を震わせて言った。

「あたし、安田の旦那に知らせてくる」

　ふいに、おまきが下駄を鳴らして駆けだした。

6

　そのとき、平兵衛は長屋の仕事場で刀を研いでいた。腰高障子を照らしていた夕陽が陰り、手元が暗くなってきたので、そろそろ今日の仕事を終わりにしようかと思い始めたときだった。

　慌ただしく、戸口に駆け寄る下駄の音がした。ひどく慌てているらしく、下駄の歯でガツガツと地面をたたくような音がした。

「だ、旦那！」

戸口で喉のつまったような声がし、腰高障子があいた。

顔を見せたのは、長屋に住むおまきという日傭取《ひようと》りの女房である。よほど、急いで来たと見え、顔を真っ赤にして喘いでいる。

「どうした、おまき」

平兵衛は立ち上がり、土間へ近寄った。

「た、大変だよ！　まゆみさんが」

「まゆみが、どうした」

「連れていかれたよ、お侍に」

「なに、連れていかれただと」

平兵衛は土間へ下り、草履《ぞうり》をつっかけた。咄嗟に、何が起こったか分からなかった。ただ、まゆみの身に危険が迫っていることは察知した。

「お侍がふたり、八百屋の近くでまゆみさんを縛ってさ、無理やり連れていったんだ」

おまきが、そのときの様子を早口にしゃべった。

平兵衛はおまきの話が終わらないうちに、戸口から飛び出した。

路地木戸から通りへ出て、八百屋に走った。八百屋の前に、近所に住む女房や親爺などが集まっていた。どの顔もこわばっている。

平兵衛が走り寄ると、八百屋の親爺が、

「へ、平兵衛さん、まゆみさんがお侍に攫われたよ」

親爺が、あっちだ、と言って竪川の方を指差した。

「竪川縁《べり》だな」

平兵衛が念を押した。

「そうだよ。まゆみさんに猿轡をかませて、抱えていったんだ」

初老の女が、目をつり上げて言った。

平兵衛は駆けだした。まゆみは猿轡をかまされ、抱えられていったという。何者かは分からぬが、まゆみを強引に攫っていったとみていい。

竪川沿いの通りに出て、左右に目をやると、桟橋につづく岸辺にも近所の住人が何人か集まって騒いでいた。女子供の姿もある。まゆみが攫われるのを目撃したにちがいない。

「娘が、連れ去られるのを見たか」

駆け寄って、平兵衛が訊いた。

「へい、猪牙舟に乗せて、大川の方へ行きやした」

若い船頭らしい男が言った。

「遅かったか！」

それらしい舟は見えなかった。すでに、大川へ出たのかもしれない。追いかけようがなかった。

……ま、まゆみ！

平兵衛は竪川の川面に目をやりながら胸の内で叫んだ。

平兵衛の胸の動悸が激しくなった。狼狽し、頭のなかが混乱している。まさか、まゆみが明るいうちに攫われるなどとは思ってもみなかったのだ。

平兵衛は呆然とその場につっ立ち、まゆみを乗せた舟が去った先に目をむけていた。

すでに陽は沈み、川面は黒ずんで見えた。ときおり、流れの起伏が白い波をたて、川岸まで寄せてくる。

だが、すぐに平兵衛は川面から目を離し、

「娘を連れていったのは、ふたりの武士だな」

と、まわりに集まっていた連中に訊いた。なんとしても、まゆみを助け出さねばならない、と思ったのである。

「四人でしたぜ」

船頭らしい男が言った。

男によると、娘を連れてきたふたりの他に、舟でふたりの男が待っていたらしい。四人のうちひとりは町人体の男だったという。

「だれか、四人を知っている者はいないか」

平兵衛が、その場に集まっている連中に訊いた。まだ、明るかったので、四人の顔も見えたはずだ。

「見たことねえなァ」

初老の男が言った。すると、他の連中も見覚えがないと口にしたり、首を横に振ったりした。

「三人の武士だが、どんな男だった」

そのとき、平兵衛の脳裏に大川端で襲ってきた三浦たち三人のことがよぎったのである。

「娘をかかえていたのは、図体のでけえ侍だったな」

初老の男が言った。

すると、別の男が、舟にいたのは背の高え侍《たけ》でしたぜ、と言い添えた。

——やはり、三浦たちだ。

と、平兵衛は察知した。

それにしても、なにゆえ、まゆみを連れ去ったのであろう。平兵衛を襲うなら分かるが、まゆみを拉致《らち》する理由が分からなかった。あるいは、まゆみを人質に取って、平兵衛たちの動きを封じるつもりであろうか。

——いずれにしろ、まゆみを助け出さねばならぬ。

平兵衛にとって、まゆみはひとり娘であり、家を切り盛りしてくれる女房役であり、ただひとりの肉親であった。まゆみがいなくなれば、平兵衛は生きるためのすべてを失ってしまうだろう。研ぎ師としての仕事も、殺しで得る金も何の意味もなくなってしまうのだ。

その夜、平兵衛はまんじりともせず夜を明かした。まゆみのことが心配で、眠れなかったのである。

翌朝、平兵衛は岩本町の長兵衛《ちようべえ》長屋に足を運んだ。平兵衛にとってはめずらしいことだが、右京に事情を話して手を借りようと思ったのである。いまの平兵衛は、まゆみを助け出すことがすべてで、殺しのことは二の次だった。

右京は長屋にいた。戸口からあらわれた平兵衛の顔を見ると、

「安田さん、どうしたのです」

と、驚いたような顔をして訊いた。平兵衛の顔はひどく憔悴《しょうすい》していた。肌が土気色をし、目の縁が隈取り、皺も深かった。平兵衛はそれでなくとも老け顔をしていたが、死期の迫った老爺のように見える。

「まゆみが、連れ去られた」

平兵衛は上がり框《がまち》に腰を下ろすと力なく言った。

「まゆみどのが……」

一瞬、右京は驚愕に目を剝いた。その顔から血の気が失せ、体がかすかに顫えだした。右京も強い衝撃を受け、動揺しているようだ。

「三浦たち三人らしい」

平兵衛はかいつまんで昨日のことを話した。

「なにゆえ、まゆみどのを」

右京が訊いた。

「はっきりしたことは分からんが、まゆみを人質に取って、わしらの動きを封じようとしているのかもしれぬ」

「卑怯な」

右京の顔に困惑と怒りの色が浮いた。

「いずれにしろ、まゆみを助け出したい。片桐さん、手を貸してくれ」

「むろんです」

右京は、まゆみどのはわたしにとっても大事な人です、と胸の内でつぶやいたが、声には出さなかった。

7

「舟の行き先をつきとめるのが、先だな」

平兵衛が言った。

まゆみを連れ去った舟には、武士が三人乗っていたはずである。舟から上がる姿をどこかで、目撃されているかもしれない。

「安田さん、まゆみどのを連れ去ったのが三浦たち三人なら、向島の下屋敷の近くに舟を着けたと思います」

娘を拉致したとなると、人目に付かぬよう監禁場所の近くまで舟で行くはずだった。監禁場所として、まず考えられるのは向島の下屋敷である。

「屋敷の裏手の掘割に、桟橋があるそうだ」

平兵衛は青柳から、藩士のなかには舟を使う者もいる、と聞いた覚えがあった。

「まゆみどのは、下屋敷に監禁されたような気がします」

右京が言った。

「まず、下屋敷にまゆみがいるかどうか、探らねばならんな」

「青柳どのたちの手も借りますか」

「そうだな。屋敷に出入りしている者だけでも分かれば、なかの様子を聞き出すこともできるからな」

「すぐに、青柳に会いましょう」

右京が立ち上がった。

「わしは、孫八の手を借りよう」

孫八は、屋敷内の探索や聞き込みに長《た》けていた。それに、傷もそろそろ癒《い》えているころである。

「安田さん、今夜にも長屋にうかがいますよ」

「そうしてくれ。……右京、無理をするな。なに、まゆみを殺すようなことはせぬ。

殺す気なら、連れ去ったりはしない。その場で斬ったはずだ」

平兵衛は、自分にもそう言い聞かせたのである。

「安田さんも」

右京は小声で言って、睨《にら》むように虚空を見つめた。いつになく、けわしい顔をしている。

その日の夕方、平兵衛の長屋に右京と青柳が姿を見せた。青柳も右京から事情を聞いているらしく、こわばった顔をしていた。

「まァ、腰を下ろしてくれ」

平兵衛はふたりを座敷に上がらせた。まゆみがいなければ、何を話しても差し障りなかった。

「右京から聞いたと思うが、わしの娘が三浦たちに連れ去られてな。わしは、向島の下屋敷に監禁されているのではないかとみておるのだ」

「そうかもしれません」

青柳は否定しなかった。

「それで、まず、下屋敷内に娘がいるかどうか探りたいのだが、なかの様子を訊くことのできる者はおらんかな」

「下屋敷にいる藩士たちは森重の手の者ばかりですが、永野のように捕らえて口を割らせますか」

青柳が言った。

「敵も、用心してると思うがな」

下屋敷内に出入りしている森重派の家臣たちは、同じ轍《てつ》を踏まぬよう何か手を打っているはずである。

「娘を攫った一味のなかに、町人体の男がひとりいたというのだがな」

平兵衛は、その男が舟の櫓を漕いでいたことを話した。

「その男、中間かもしれません」

青柳が、家中の者から聞いた話として、中間がひとり、小遣をもらって三浦たちの手先のように働いていることを言い添えた。

「そいつの名は」

「名までは聞いていませんが」

青柳は首をひねった。

「何とか、その男をつきとめよう」

平兵衛は、孫八なら嗅ぎ出してくれるだろうと思った。その男なら、まゆみの監禁先も知っているはずである。

「ところで、ちかごろ下屋敷で遊山や宴席を催すような話はないかな」

平兵衛は、もうひとつ懸念があった。

三浦たちがまゆみを連れ去ったのは、宴席のおりに酌をさせるためではないかとの思いがあったのである。

酌だけならいいが、まゆみもお藤や萩江のように、何者かに凌辱されるのではないだろうか。そうなると、お藤や萩江の二の舞である。

右京は何も言わなかったが、顔が蒼ざめ思いつめたような表情を浮かべていた。右京もまた平兵衛と同じ懸念を持っているのだろう。

「ちかごろ、そのような話は聞いておりませんが、例年、夏には納涼のためと称して、下屋敷内で宴席をひらいているようです」

「うむ……」

平兵衛は、いっときも早くまゆみを助け出さねばならないと思った。まゆみは、右京以外の男に体を奪われるようなことになれば、生きてはいられないだろう。

部屋のなかは、深い夜陰につつまれていた。腰高障子に月光が射して淡い青磁色を映していたが、上がり框と流し場をぼんやり照らしているだけである。

右京は行灯に火もいれず、半刻（一時間）ちかくも部屋の隅で胡座《あぐら》をかき、腰高障子に目をむけていた。

平兵衛の許から岩本町の長屋にもどり、眠ろうとして横になったのだが、目が冴えて眠れなかった。右京は眠るのをあきらめて身を起こすと、背を隅の柱にもたせかけて淡い月光を映した障子に目をむけていたのである。

右京の脳裏にまゆみが凌辱されている光景が浮かび、胸に錐《きり》でも揉み込むような強い不安と焦燥が衝き上げてくる。それと同時に、まゆみに対する思慕の情が込み上げてくるのだ。

――まゆみどの、かならず助ける。

右京は己の胸で何度も叫んだ。

まゆみが三浦たちに拉致されたことを知り、胸の奥に秘めていたまゆみに対する思いが、強い不安とともに一気に燃え上がったようである。

第四章　囮《おとり》

1

「旦那、名が分かりやしたぜ」

戸口から入ってきた孫八が、平兵衛の顔を見るなり言った。

「なんてえ名だ」

平兵衛が訊いた。

「栄蔵でさァ。番場町《ばんばちょう》の長屋に住んでるそうで」

孫八が首筋の汗を手ぬぐいで拭きながら言った。だいぶ歩きまわったと見え、陽に灼《や》けた顔が赤みを帯びている。

平兵衛が庄助長屋で右京と会った三日後だった。右京と会ったその足で、平兵衛は深川の吉永町へ出かけ孫八と会っていた。

そのとき、平兵衛は、

「どうだな、肩の傷は」

と、孫八の傷の様子を訊いた。

「旦那、すっかりよくなりやした ぜ。見てくだせえ」

孫八は、左腕をまわして見せた。

痛みもないようだった。血色もいい。これなら探索を頼んでもよさそうだ、と平兵衛は思った。

「それで、旦那、何かありましたかい」

孫八が声をあらためて訊いた。孫八は平兵衛が長屋にあらわれたときから、いつもとちがう平兵衛のけわしい顔を見て、退《の》っ引《び》きならぬことが起こったことを察知したようだ。

「まゆみが、攫《さら》われたのだ」

平兵衛が小声で言った。

「お嬢さんが、攫われたって！　だれが、そんなことを」

孫八が声を上げた。

「三浦たちとみている」

「やつら、汚《きたね》えことしやがって！」

孫八が憤怒に顔を赭黒く染めて言った。

「それでな、孫八の手を借りたいのだ」

「旦那、何でもやりやすぜ。これまで、旦那には世話になってるし、何にも知らねえお嬢さんを攫うなんてやつらを見逃しちゃァおけねえ」

孫八が言いつのった。

「まず、まゆみがどこに監禁されているか、つきとめねばならぬ。そこで、下屋敷に出入りしている三浦たちの手先をつきとめてもらいたいのだ」

その男の名は分からないが、中間として下屋敷に奉公していること、ふだんは遊び人のような身装《みなり》で、船頭の役割もしていることなどを平兵衛が話した。

「それだけ分かれば、何とかなりやす。旦那、二、三日、待ってくだせえ。きっと、そいつの正体をつかんできやすぜ」

そう言って、孫八はその日から向島に出かけるようになったのである。

平兵衛は孫八のそばまで出てくると、

「よく分かったな」

と言って、膝を折った。

「栄蔵のような渡り中間は、博奕《ばくち》好きと相場が決まってやしてね。本所、浅草界隈の賭場を当たってみたんでさァ」

孫八によると、北本所、竹町にある賭場に狙いをつけ、近隣に住む遊び人や地まわりに話を訊くと、向島の下屋敷に中間として奉公している栄蔵という男が賭場に出入りしているという。

孫八は栄蔵が番場町の長屋に住んでいることをつきとめ、さらに長屋近くに住むぼてふりや大川端沿いに店のある奉公人などに話を訊くと、まゆみが攫われた日、遊び人のような格好をした栄蔵を見た者がいたのである。

ちょうど、大川端を通りかかった利助《りすけ》というぼてふりが、栄蔵が三人の武士を猪牙舟に乗せて大川を下るのを見た、と話したのだ。

「まちがいない、その男だ」

平兵衛は栄蔵が三浦たちの手先だと確信した。

「それで、旦那、どうしやす」

孫八が訊いた。

「つかまえて、吐かせるつもりだが、極楽屋を借りるか」

平兵衛は憎悪に目をひからせ、極楽屋で地獄を見せてやる、と低い声で言った。そばにいた孫八ですら、身震いするような凄みのある声である。まゆみを拉致された平兵衛は、気のいい研ぎ師の顔はかなぐり捨てていたのだ。

「猪牙舟《ちよき》を使いやすかい。栄蔵の長屋と大川端は、すぐ近くですぜ」

「極楽屋に運ぶのは、舟がいいな」

三浦たちが、まゆみを拉致《らち》したのと同じように舟を使うのである。

「嘉吉を使ってもいいですかい。やつも、金をもらった手前、極楽屋でくすぶっているのは気が引けるはずだ」

「そうしてくれ」

船頭役に嘉吉は打って付けだと思った。

翌日の八ツ（午後二時）ごろ、庄助長屋に右京が姿を見せた。まゆみのことで、何か知れたか様子を訊きに来たらしい。

「孫八が、三浦たちと同行した中間をつかんだよ」

そう言って、平兵衛が孫八から聞いた話を右京に伝えた。

「さすが、孫八だ。手が早い。それで、安田さん、どうします」

右京が訊いた。

「捕らえて、吐かせる。孫八が、栄蔵の塒《ねぐら》を見張っていてな。やつが、長屋にもどっているとき、仕掛ける手筈になっている」

「わたしも、同行させてください」

右京が思いつめたような顔で言った。右京は口には出さなかったが、まゆみのことが心配でならないらしい。

「いいだろう」

それから小半刻（三十分）ほどしたとき、長屋の腰高障子があいて嘉吉が姿を見せた。

「旦那、番場町へ来てくだせえ」

嘉吉が平兵衛の顔を見るなり言った。

「栄蔵が長屋にもどったのだな」

平兵衛は、すぐに腰を上げた。

「へい、孫八の兄いに、旦那をお連れするように言われて来やした」

「すぐ、行く」

平兵衛がそう言って土間へ出ると、右京も立ち上がった。

嘉吉が平兵衛たちを連れていったのは、竪川の桟橋だった。まゆみを連れ去った舟がとめてあった桟橋である。

「舟で行くのか」

右京が訊いた。

「へい、栄蔵の埼近くに舟を着けやす」

そう言うと、嘉吉は先に桟橋に出て舟に乗り込んだ。

2

番場町のちいさな桟橋に舟を寄せると、嘉吉は舫《もや》い綱を杭にかけた。猪牙舟が三艘舫ってあるだけのちいさな桟橋だった。辺りに影がなくひっそりとして、桟橋の杭を打つ流れの音だけが聞こえていた。

「こっちでさァ」

嘉吉が先に立って急な土手を上がった。

土手の先は、大川沿いの通りになっていて、行き来する人の姿が見えた。道沿いには、瀬戸物屋、下駄屋、酒屋などの小体《こてい》な表店が並び、そば屋や一膳めし屋などの食い物屋もあった。

「ここは、人目につくな」

平兵衛は歩きながら通りの左右に目をやった。

捕らえた栄蔵を連れ、この通りを桟橋まで行くとなると、人目に晒《さら》されるのは覚悟しなければならない。

「陽が沈めば、人影は途絶えますよ」

右京が平兵衛の脇を歩きながら言った。

「そうだな」

平兵衛も、仕掛けるのは陽が沈んでからがいいような気がした。

「旦那、ここで」

嘉吉が足をとめて細い路地を指差した。

そこは下駄屋と八百屋の間にある細い路地で、そこにも表長屋や小体な店が軒《のき》を連ねていた。一町ほど先で、別の路地に突き当たっている。

すこし歩くと、孫八が八百屋の脇に身を隠すように立っていた。斜《はす》向かいに長屋につづく路地木戸が見える。

「旦那、栄蔵の塒はあの路地の先でさァ」

孫八が路地木戸を指差して言った。

「栄蔵はいるのか」

「へい、まだいるはずで」

孫八は、嘉吉を迎えにやる前に長屋を覗き、栄蔵がいるのを確認したという。

「長屋に踏み込むか」

右京が訊いた。

「大騒ぎになりやすぜ」

そう言って、孫八が路地の左右に目をやった。狭い路地だが、思ったより賑《にぎ》やかで、絶え間なく人が行き来していた。近所に住む長屋の住人が多いのだろう。長屋の女房、子供、ぼてふりなどが、やたらと目についた。

「大勢で、ここで見張っているわけにもいかんな」

近くに身を隠すところもなかった。四人で路傍につっ立っていたら、通りすがりの者が不審をいだくだろう。それに、この路地で栄蔵を捕らえるのはむずかしいようだ。栄蔵が暴れでもしたら、大騒ぎになるだろう。

「陽が沈むまで、あっしが見張りやすよ。それまで、旦那方は舟の近くにいてくだせえ」

孫八が言った。

「ここは、孫八と嘉吉に頼もう」

この場で孫八と嘉吉が見張り、平兵衛たちは舟をつないである桟橋にもどって待つことにした。

平兵衛と右京は桟橋にもどると、繋いである舟のなかに腰を下ろした。都合のいいことに、そこは急な土手の陰になっていて、通りから見えない場所だった。

陽は対岸の浅草の家並の向こうに沈みかけていた。浅草御蔵の幾棟もの米蔵、首尾の松、上流の駒形堂《こまがたどう》などが鴇色《ときいろ》の夕陽のなかに浮かび上がったように見えていた。

人声や物音はなく、川の流れが桟橋の杭を打つ音や猪牙舟の船底をたたく波の音などが耳を聾《ろう》するほどに聞こえてくる。

「安田さん、殺しの仕事は、まゆみどのを助けてからですね」

右京が、対岸の浅草の家並に目をやりながらつぶやくような声で言った。右京の顔にもいつもとちがう悲壮な決意のようなものがあった。

「そうしてくれ」

平兵衛も、三浦たちを斬るのはまゆみを助けだしてからだと腹をかためていた。

それから、いっときして陽が沈むと、川面が深い藍色を帯びてきた。土手の斜面には淡い夕闇が忍びよっている。

「旦那！」

土手際で声がし、斜面を下る足音とともに嘉吉が姿を見せた。

「どうした」

平兵衛が立ち上がって訊いた。

「栄蔵が、長屋から出てきやした」

「孫八はどうした」

「やつを見張っていやす」

嘉吉によると、長屋から出てきた栄蔵は大川端の通りへ出て、一膳めし屋に入ったそうだ。それを見た孫八が、嘉吉を平兵衛たちの許に走らせたのだという。

「行こう」

すぐに、平兵衛は舟から桟橋へ飛び下りた。右京もつづく。

三人は土手を上がり、川端の通りへ出た。辺りは淡い暮色に染まり、人影は遠方にひとつふたつあるだけである。通り沿いの表店も、ほとんど店仕舞いしている。

すこし歩くと、岸辺の樹陰に孫八が身をひそめていた。斜向かいにある一膳めし屋に目をむけているようだった。

見ると、一膳めし屋の腰高障子が明らみ、店内から男のくぐもった声や瀬戸物の触れ合うような音がかすかに聞こえてきた。何人か、客がいるらしい。

「孫八、どうだ」

平兵衛が樹陰に身を寄せて訊いた。

「やつは、店に入《へえ》ったままでさァ。一杯やってるにちげえねえ」

孫八が声を殺して言った。

「出てくるまで待つしかないな」

平兵衛は、その方が都合がいいかもしれないと思った。しばらく経てば、大川端の通りも夜陰につつまれ、人目を気にせず栄蔵を捕らえられるだろう。

3

頭上に弦月《げんげつ》が出ていた。晴天である。陽が沈んでから風が出てきて、川沿いの柳や松などの枝葉を揺らしていた。

対岸の浅草の家並は夜陰に沈み、黒い輪郭だけを見せていた。川沿いにある船宿や料理屋などの灯《ひ》が、物寂《さび》しくまたたいている。

五ツ（午後八時）過ぎだった。平兵衛たちが川岸の樹陰に身をひそめて一刻（二時間）ほども経つ。栄蔵は、まだ一膳めし屋から姿を見せなかった。平兵衛たちも腹がすいていたが、だれも口にする者はいなかった。黙したまま、一膳めし屋の店先に目をむけている。

そのとき、腰高障子があいて、男がひとり出てきた。

「やつだ！」

孫八が声を殺して言った。

店から出てきたのは、栄蔵ひとりだった。棒縞《ぼうじま》の単衣《ひとえ》を裾高に尻《しり》っ端折《ぱしょ》りし、肩を揺すりながらこっちへ歩いてくる。

「孫八、念のためだ。やつの後ろへまわってくれ」

平兵衛が声をひそめて言った。

「へい」

孫八は足音を忍ばせ、岸辺の樹陰をつたいながら栄蔵の後ろへむかった。

「ここは、わしひとりでいい」

そう言い置き、平兵衛はゆっくりとした足取りで通りへ出た。

ふいに、栄蔵の足がとまった。前方にあらわれた人影を目にしたらしい。栄蔵は闇に目を凝《こ》らしているようだったが、チッ、爺々《じじい》いか、という声がし、また歩きだした。月明りに浮かび上がった平兵衛の姿は、いかにも頼りなげな老爺だった。栄蔵は、平兵衛だと気付かなかったようである。

が、栄蔵がギョッとしたようにその場につっ立ち、

「てめえは！」

と、声を上げた。間近になり、平兵衛に気付いたらしい。

そのとき、平兵衛が腰の来国光を抜き放ち、疾走した。頼りなげな老爺の姿が豹変している。

迅《はや》い！　猛獣を思わせるように果敢で迅速だった。虎の爪の寄り身である。

逆八相に構えた来国光の刀身が月光を反射《はね》て白銀色にひかり、夜陰のなかに白光を曳いて栄蔵に迫っていく。

ヒイッ！

栄蔵が悲鳴を上げて反転し、逃げだそうとした。だが、その足がとまった。前方に孫八が立ちふさがっていたのである。

「逃さぬ！」

平兵衛が栄蔵の脇に走り寄りざま、刀身を峰に返して横一文字に払った。

ドスッというにぶい音がし、刀身が栄蔵の脇腹に食い込んだ。

栄蔵は喉のつまったような呻き声を上げ、腹を押さえてよたよたと歩いたが、孫八

を目の前にしてガックリと両膝を折ってうずくまった。

そこへ、平兵衛、右京、嘉吉の三人が、走り寄って栄蔵を取りかこんだ。

「舟へ、連れていってくれ」

平兵衛が言うと、孫八と嘉吉が栄蔵の両腕をかかえて立たせ、桟橋につないでおいた舟まで連れていった。

栄蔵を舟に乗せると、嘉吉が櫓をにぎって舟を桟橋から離した。水押しを河口にむけ、夜の川面をすべるように進んでいく。

「お、おれを、どこへ連れていく」

栄蔵が声を震わせて訊いた。

「地獄だよ」

平兵衛が低い凄みのある声で言った。

「地獄だと……」

月光に浮かび上がった栄蔵の顔が、恐怖にゆがんでいる。

平兵衛たちの乗る舟は、大川から仙台堀に入り、要橋近くの桟橋へ船縁を寄せた。

「ここが、地獄の一丁目だよ」

孫八がうす笑いを浮かべて言った。

極楽屋の店先から、淡い灯が洩れていた。近付くと、男の濁声《だみごえ》が聞こえた。まだ、飲んでいる者がいるらしい。

腰高障子をあけて、平兵衛たちが栄蔵を連れ込むと、飯台で飲んでいた熊蔵と与吉《よきち》が驚いたような顔をして腰を上げた。与吉は博奕《ばくち》打ちだった男で、いまは極楽屋に入り浸《びた》っている島蔵の手下のひとりだった。

平兵衛たちの足音に気付いたのか、島蔵が前だれで濡れた手を拭きながら板場から出てきた。

「大勢で、どうしたい？」

島蔵も驚いたような顔をして、平兵衛たちに目をやった。

「この男は三浦たちの手先でな。この場を借りて、話を聞かせてもらうつもりだ」

平兵衛は、これまでの経緯をかいつまんで話した。

すでに、平兵衛は、孫八に会いにきたとき極楽屋にも立ち寄って、まゆみが拉致されたことを島蔵にも話してあった。

「いいとも、好きなように使ってくんな」

島蔵は、おめえたちは、奥で飲みな、と熊蔵と与吉に声をかけた。

熊蔵たちが徳利や肴の入った小鉢などを手にして奥へ消えると、

「栄蔵、娘を連れていったのは、おまえたちだな」

平兵衛が、栄蔵の前に立って訊いた。

栄蔵は土間に尻餅をつき、怯えたような顔をして平兵衛を見上げている。

右京、島蔵、孫八、嘉吉の四人は、すこし後ろに下がって栄蔵をとりかこむように立っていた。店の隅の燭台の灯《ひ》が男たちの顔の陰影を深く刻み、不気味に浮かび上がらせている。

「し、知らねえ。おれは、何も知らねえ」

栄蔵が声を震わせて言った。

「痛い目をみないと、話す気にはなれんか。ここは、地獄だと言ったはずだぞ。泣こうが喚《わめ》こうが、だれも来ぬ」

平兵衛がそう言ったとき、背後にいた右京が脇に来て、

「安田さん、おれにやらせてくれ」

と言いざま、腰の刀を抜いた。いつになく右京は昂《たかぶ》っていた。顔はけわしく、燭台の灯を映した双眸が怒りの炎を宿している。

「いいだろう」

平兵衛が身を引いた。

「おれは、おまえの体に訊く」

言いざま、右京はいきなり手にした刀で、栄蔵の太股《ふともも》を突き刺した。

ギャッ、と叫び、栄蔵の上体がビクンと反り返った。

「い、痛え！　抜いてくれ」

栄蔵は悲鳴のように叫んだ。

「よかろう」

右京は刀身を引き抜いた。

栄蔵の左の太股から血が噴き出し、見る間に棒縞の単衣を赤く染め、さらに土間まで滴り落ちた。

「話さなければ、次は右足を刺す」

右京の低い声には、有無を言わせぬ凄みがあった。

「しゃ、しゃべる。お、おれは、船頭を頼まれただけだ」

栄蔵は、激痛と恐怖に顔をゆがめて言った。

「まゆみどのを連れていったのは、おまえたちだな」

「お、おれは船頭を頼まれただけだ」

「三人の武士は」

「重江藩の家臣だ」

栄蔵は、三浦、吉場、平沼の名を口にした。

「それで、まゆみどのを、どこへ連れていった」

右京が栄蔵を見すえて訊いた。まゆみの監禁場所がもっとも知りたいことである。

「向島のお屋敷だ」

「やはりそうか」

平兵衛たちの睨んだとおりだった。

「まゆみどのは、屋敷のどこにいる」

「そこまでは、知らねえ。おれは、お屋敷のなかまで勝手に入れねえからな」

栄蔵は首を横に振った。どうやら、栄蔵は屋敷内の監禁場所までは知らないようだ。

そのとき、右京が平兵衛を振り返った。右京の目が、他に何か聞き出すことがあるか問うていた。

「いまも、下屋敷に三浦たち三人はいるのだな」

平兵衛が右京の脇から訊いた。

「いる」

「三人の他に、下屋敷を警護している者は何人ほどいる」

平兵衛は、屋敷内に侵入して、まゆみを助けだすときのことを考えて訊いたのだ。

「はっきりしたことは分からねえが、十人ほどだ」

「十人な」

増えたようだ、と平兵衛は思った。

永野を訊問したとき、五、六人の藩士が警護に当たっていると聞いていたのだ。あるいは、三浦たちは、平兵衛たちがまゆみを奪還するために屋敷内を襲うことを予想して、警護を増やしたのかもしれない。

ひととおり栄蔵から話を聞き終えると、平兵衛は刀を抜いた。栄蔵を生かしておくことはできなかった。このまま放せば、下屋敷に駆け込んで三浦たちに平兵衛たちのことを話すだろうし、栄蔵は極楽屋がただの一膳めし屋でないことも知ってしまったのだ。

刀を手にした平兵衛の顔が豹変していた。目がつり上がり、肌が赤みを帯びていた。鬼か夜叉を思わせるような面貌《おもて》である。

「た、助けてくれ！」

栄蔵が尻を土間についたまま背後にいざった。

「地獄へ行くがよい」

平兵衛は栄蔵に歩を寄せ、その胸に深々と刀を突き刺した。

4

「大川で、栄蔵の死体が揚がったそうだな」

三浦が低い声で言った。

向島の重江藩下屋敷の奥座敷だった。燭台の灯《ひ》のなかで、四人の男が車座になっていた。三浦、吉場、平沼、それに藤木である。

「お藤と景山が揚がったのと同じ横網町の桟橋だそうだ」

吉場が渋い声で言った。

三日前、吉場は下屋敷に仕えている別の中間が口にしているのを聞いたのである。

平兵衛たちが栄蔵を極楽屋で始末した後、その夜のうちに横網町の桟橋まで死体を運び、桟橋の杭にひっかけておいたのだ。

「しかも、胸をひと突きにされていたというではないか」

三浦の顔には怒りの色があった。

「桟橋に集まった者たちは、ここは呪《のろ》われているなどと口にしていたそうだ。景山たちにつづいて、同じような死体が揚がったわけだからな」

「馬鹿な、おれたちへの当てつけだ」

平沼がいまいましそうに言った。

「やったのは、安田と片桐たちだな。おそらく、先に怪我を負わせた仲間もくわわっているにちがいない」

と、三浦。

「いずれにしろ、栄蔵は拷問を受け、あの娘がここに監禁されていることを吐いたとみねばなるまい」

藤木が口をはさんだ。

「こちらの狙いどおりだ。端《はな》から、娘の監禁場所はきゃつらに知らせるつもりだったのだからな。あの娘は、きゃつらをここにおびき寄せ、一気に片付けるための囮だ。ひとりひとり尾けまわして斬るより手間がはぶけるではないか」

三浦が嘯《うそぶ》くように言った。

「うまくいくかな」

藤木が、三人の男に目をやりながら言った。

「安田たちは、かならずこの屋敷に侵入してくる。聞くところによると、安田は娘を可愛がっていたそうだからな」

「われらが、始末されるようなことはあるまいな」

藤木の顔に不安そうな色があった。

「この屋敷は、われら三人の他に、さらに江戸藩邸内から腕の立つ者を六人も集めてかためている。……それにな、きゃつらが屋敷内に侵入できたとしても、途中罠が仕掛けてあってな、娘の座敷へ行きつくことはできぬ。……ここが、きゃつらの死に場所だよ」

そう言って、三浦が口元にうす笑いを浮かべた。

「安田たちは、おぬしたちに任せよう」

そう言って、藤木が膝先の湯飲みに手を伸ばし、冷えた茶をすすった。

「ところで、藤木どの。栄蔵のことで、屋敷に来たわけではあるまい」

吉場が訊いた。

「森重さまからの言伝《ことづて》だ」

藤木が声をあらためて言った。

「言伝とは」

「小菅喜八郎のことだ」

「小菅を早く討てということか」

「そうだ。ちかごろ、小菅はしきりに家中の若い者と接触し、仲間を集めておるようだ。放置すれば、小菅に感化された者が血気にはやり、何をしでかすか分からん。森重さまは、そのことを懸念《けねん》されてな。すぐにも、小菅を始末してしまえ、とのおおせなのだ」

藤木が声をひそめて言った。

「始末するのはいいが、われらが咎《とが》めを受けるようなことはあるまいな。森重さまに盾突《たてつ》く者とはいえ、相手は大目付だ。景山や田代のようにはいくまい」

吉場が藤木を見つめながら言った。

「案ずるな。森重さまは、目付筋の者が小菅の悪行をひそかに探っていたが、それを察知した小菅が、探索者を斬殺しようとして返り討ちにあった、との筋書きで、ことを運ぶそうだ。……何せ、大殿は森重さまの意のままに動き、若い殿は大殿に逆らえぬ。重江藩は、森重さまの思いのままにどうにでもなるのだ。何の懸念が、あるものか」

藤木の顔には自信と余裕があった。藩の勢力は、圧倒的に森重にかたむいているということなのであろう。

「それにな、森重さまは、そろそろ下屋敷で楽しみたいそうだ。可愛い娘も手に入ったことだしな。……そのときには、おぬしたちにも栄進か加増の話があるだろうな」

藤木が口元に卑猥な笑いを浮かべて言った。

「そういうことなら、すぐにも仕掛けよう。……ちょうどいいな。安田たちも娘を助け出すことに躍起になり、小菅のことまでは、頭がまわらんだろう」

そう言って、三浦が冷えた茶に手を伸ばした。

座敷のなかは夜陰におおわれていた。深い静寂につつまれ、己の息がまるで喘ぎ声のように聞こえてくる。

まゆみは後ろ手に縛られ、下屋敷の奥座敷にとじこめられていた。何刻《なんどき》ごろだろうか。陽が落ちて、座敷が夜陰につつまれてからは、時の経過を知ることができるのは、明かり取りの窓に映ずるわずかな月明りの動きだけである。

食事や厠《かわや》のときは、隣部屋で寝泊まりしている奥女中らしい初老の女が世話してくれるが、後は縛られたままである。

いま、明かり取りの窓に映じた月光が、畳にほのかなひかりを落とし、まゆみの足先を白くぼんやりと浮き上がらせていた。

まゆみは自分の指先を見つめながら、四人の男たちに捕らえられて、この屋敷へ連れてこられたときのことを思った。なぜか、それほど強い不安や恐怖は感じなかった。自分が武士たちの手で勾引《かどわか》され、このような立派な屋敷にとじこめられている理由が分からなかったせいかもしれない。

ただ、まゆみは父親や右京のことを思うと、心細さと切なさで胸がいっぱいになった。

とくに、暗い座敷に囚われの身になってから、右京の顔が払っても払っても脳裏に浮かび、その都度、張り裂けそうなほどの激しい思慕《しぼ》の情が胸に衝《つ》き上げてくるのだ。

——右京さまに、逢いたい。

まゆみは、何度も何度も胸の内で叫んだ。

5

その日、向島の下屋敷の裏門から五人の藩士が路地へ出た。三浦、吉場、平沼、それに新たに下屋敷の警護にくわわった長谷川仙之助《はせがわせんのすけ》と真鍋新太郎《まなべしんたろう》であった。長谷川と真鍋は森重の配下のなかでは、剣の遣い手として知られた男である。

五人は小袖にたっつけ袴姿で、足下を武者草鞋《わらじ》でかためていた。顔は網代笠で隠している。旅の武芸者のような扮装《いでたち》である。

昨日の夕方、藤木が下屋敷に姿を見せ、

「明日、小菅が本郷《ほんごう》の恵徳寺《けいとくじ》に、若い藩士たちを集めて密談するようだ」

との情報をもたらしたのだ。

恵徳寺は水戸家の上屋敷の東側にあり、重江藩の先々代の正室が出た家の菩提寺で、いまでも多少の縁があるという。

「寺を襲うのか」

吉場が訊《き》いた。

「それはまずい。大騒ぎになるぞ。すくなくとも、若い者たちが十人ほどは集まらしいのだ。恵徳寺の境内《けいだい》で、大勢の家臣が斬り合うようなことにでもなれば、藩の内済というわけにはいかぬ。公儀に知れれば、重江藩が潰されるかもしれん」

「もっともだな」

三浦が、藩邸内なら隠しようもあるが、寺ではどうにもならんな、と言い添えた。

「では、どうするのだ」

吉場が三浦に目をむけて訊いた。

「われらの狙いは小菅だ。きゃつの首を落とせば、若い跳ねっ返りなどどうにでもなる」

「そうかもしれん」

「恵徳寺からの帰りに、小菅を襲えばいいではないか。きゃつらは、列をなして帰ったりはせぬ。恵徳寺での密談は秘匿したいはずだからな」

三浦が言うと、吉場がうなずいた。

すると、それまで黙って三浦たちのやり取りを聞いていた平沼が、

「小菅を襲うのはいいが、おれたちが留守にしても大丈夫か。安田たちが、この屋敷を襲うかもしれんぞ」

と、浮かぬ顔をして言った。

「まだ、安田たちに、それらしい動きはない。明日、襲うということはないだろう。きゃつらも、用心して屋敷内を探ってから仕掛けるはずだ。……そう考えれば、小菅を始末するのは、いまがいい機かもしれんぞ」

三浦が言った。

「いいだろう。小菅を斬ろう」

平沼も、小菅の暗殺を承知した。

下屋敷を出た五人は、大川端沿いの道を川下へむかい、吾妻橋を渡って浅草へ出た。これから下谷の町筋をたどって本郷へむかうのである。

浅草寺《せんそうじ》の門前の賑やかな広小路を抜けて、寺院のつづく閑静な通りへ出たとき、

「小菅は駕籠を使うのか」

と、吉場が三浦に訊いた。

「そのようだな」

三浦は、藤木から、このところ小菅は駕籠を使って屋敷を出るようだ、との情報を得ていた。

「警護も付くだろうな」

「小菅も、おれたちのことは警戒しているはずだ。密会とはいえ、警護をつけるだろうな。駕籠かきを除いて、数人はいるとみておいた方がいいな」

そう言った後、三浦は、

「われらの狙いは小菅のみ、一気に駕籠に走り寄って仕留めればいいのだ」

と、言い添えた。

「警護の者まで、斬ることはないわけだな」

平沼が口をはさんだ。

「歯向かう者は斬ってもいいが、騒ぎを大きくしたくないから」

「分かった」

平沼がうなずいた。

「すこし、急ぐか」

陽が家並の向こうに沈みかけ、通りを長い影がおおっていた。暗くなる前に、恵徳寺に着きたかったのである。

恵徳寺は加賀藩、前田家の脇を通り、町家のつづく菊坂《きくざか》町の通り沿いにあった。山門は参道を入った先にあり、鬱蒼とした杉や松などの杜《もり》にかこまれていた。すでに辺りは暮色につつまれ、黒い杜が残照に染まる空を圧していた。

参道の脇の樹陰に黒い人影があった。三浦たちが近付くと、ふたつの人影が走り寄ってきた。

「三浦どの、加賀谷《かがや》でござる」

三十がらみの武士が言った。するともうひとりの若い武士が、塚野《つかの》でございます、と言い添えた。

加賀谷と塚野も重江藩士で、森重の配下だった。駕籠で上屋敷を出た小菅を尾けてここまで来たのであろう。上屋敷にいる者が、小菅を尾ける手筈になっていたのだ。

「小菅は」

三浦が訊いた。

「半刻（一時間）ほど前、境内に入りました」

「寺に集まった家臣たちは」

「十数人です」

「小菅の駕籠の警護は」

「六人。なかに、須貝と青柳もおりました」

「われらの狙いは、小菅だけだ。他の者に、目を奪われるな」

三浦が強いひびきのある声で言った。

「心得ました」

「よし、小菅が寺を出るのを待とう」

そう言って、三浦たちは参道近くの樹陰のなかに身を隠し、笠を取ると、ふところから黒い頭巾を取り出してかぶった。念のために顔を隠したのである。それに、三浦たちは黒っぽい装束に身をつつんでいたので夜陰に溶け、物音さえ立てなければ気付かれる恐れはなかった。

それから一刻（二時間）ほど過ぎた。辺りは濃い夜陰につつまれていたが、月が皓々《こうこう》とひかり、参道をぼんやりと浮き上がらせていた。念のために、加賀谷と塚野が提灯を用意したが、使わずに済みそうだった。

「三浦どの、来ましたぞ」

加賀谷が声を殺して言った。

山門の方で複数の足音がし、人影があらわれた。ふたり。羽織袴で二刀を帯びた武士が、周囲に目をくばりながら参道を町の通りの方へ歩いてくる。

そのとき、若い塚野が参道に飛び出そうとした。

咄嗟に、三浦が塚野の肩口を押さえ、

「焦るな」

と、言って制した。ここで斬り合ったら、寺に残っている小菅たちに逃げられてしまうだろう。

ふたりが三浦たちの前を通り過ぎていっときすると、ひとり、さらに間を置いて、ふたりの藩士が表通りへ出ていった。人目に付かぬようばらばらに寺を出るようだ。

「まだか！」

吉場が苛立ったように言ったときだった。

山門から駕籠が出てきた。陸尺《ろくしやく》の他に、駕籠の前後に三人の武士が警護している。

「小菅だ！」

加賀谷が言った。

6

駕籠は足早に参道を進んできた。先棒の前に提灯を手にした藩士がつき、足下を照らしている。その提灯の明かりのなかに、青柳の姿があった。須貝は駕籠の脇についているらしい。いずれの従者の顔もこわばっていた。襲撃者を警戒しているのかもしれない。

三浦が無言のまま抜刀した。他の六人もいっせいに刀を抜き放った。

「行くぞ！」

三浦が一声上げて、参道へ飛び出した。吉場、平沼たち六人がつづく。

七人の黒い姿が、ばらばらと駕籠に走り寄る。手にした刀身が月光を反射《はね》てにぶいひかりを放ち、幾筋もの白光が夜陰のなかを駕籠に迫っていく。

「狼藉者！」

先棒の脇にいた青柳が叫んだ。

提灯の明かりが激しく揺れ、駕籠がとまった。陸尺たちが、驚怖で凍りついたようにつっ立っている。

「小菅さまを守れ！」

須貝が叫びざま、抜刀した。

護衛の藩士たちも次々に抜刀し、駕籠のまわりに走り寄った。四人の陸尺たちは駕籠を地面に置くと、恐怖に顔をゆがめて後じさり、路傍に身をかがめた。その場から逃げ出しはしなかったが、戦う気はないようだ。

三浦をはじめとする七人は、一気に駕籠へ走り寄った。黒い集団は、獲物を襲う群狼のようである。

「うぬら、三浦たちだな」

須貝が激しい声で誰何《すいか》したが、答える者はいなかった。

いきなり、巨体の平沼が提灯を持った護衛の男に迫ると、護衛の男はワッと悲鳴のような声を上げて飛び退き、提灯を平沼にむかって投げた。

平沼の足元に転がった提灯が、ボッ、と音をたてて燃え上がった。夜陰の幕を払い落としたように、一気に辺りが明るくなった。

かまわず、平沼は踏み込んで二の太刀を袈裟にみまった。たたきつけるような剛剣である。護衛の藩士は、刀を振り上げて平沼の刀身を受けたが、強い斬撃に押され、肩口を斬り下げられた。

ギャッ！　という悲鳴を上げてのけ反った姿が、燃え上がった炎に浮かび上がった。

一方、三浦は脇からまわり込み、駕籠に近付こうとした。

「駕籠に手出しはさせぬ」

須貝が三浦に対峙し、八相に構えた。須貝も剣の心得はあるらしく、隙のない構えをしている。

三浦は無言のまま青眼に構えた。刀身をやや低くし、切っ先をぴたりと須貝の喉元につけた。須貝は下から突き上げてくるような威圧を感じたらしく、顔がこわばり腰が浮いている。

つ、つ、と三浦が間をつめてきた。気合も発せず牽制もせず、摺り足で斬撃の間境に迫るや否や仕掛けてきた。

青眼から真っ向へ。迅雷のような斬撃である。

オオッ!

と発しざま、須貝が刀身を横に払った。

甲高い金属音がひびき、三浦の刀身がはじかれて流れ、須貝の体勢がくずれてよろめいた。須貝は三浦の鋭い斬撃をかろうじてはじいたが、無理な体勢だったために腰がくだけたのである。

三浦はその場を離れた須貝にはかまわず、駕籠の前に踏み込むと、いきなり刀身を駕籠のなかへ突き刺した。

ギャッ、という叫び声が聞こえ、駕籠が大きく揺れた。

三浦に皮肉を突き刺した手応えがあった。深手を負わせた感触だったが、駕籠の主の命を奪えるほどの傷かどうかは分からない。三浦はさらに一太刀浴びせようと、刀身を振り上げた。

「おのれ!」

叫びざま、須貝が斬り込んできた。

瞬間、三浦は一歩引きざま、刀身を横に払った。一瞬の反応である。

キーンという金属音がひびき、夜陰に青火が散った。須貝の刀身がはじかれ、月光を映した刃光が流れた。

ヤァッ！

短い気合を発しざま、三浦が二の太刀を斬り下ろした。横に払った刀身を返しざま袈裟へ。神速の連続技である。

次の瞬間、須貝が呻《うめ》き声を上げてのけ反った。須貝はたたらを踏むように泳いだが、踏ん張って体勢を立て直すと、ふたたび八相に構えて三浦にむかってきた。目をつり上げ、必死の形相《ぎょうそう》である。肩口の着物が裂け、朱に染まっている。

一方、駕籠のまわりでは、十人余の藩士たちが入り乱れて斬り合っていた。気合や怒号が飛び交い、白刃が夜陰を裂き、剣戟の音がひびいた。

手練の多い襲撃者たちの方が圧倒的に優勢だった。すでに、何人かの警護の者が敵刃を受けて傷ついていた。路傍にうずくまって呻き声を上げている者もいる。

だが、襲撃者たちもなかなか駕籠へ近付けなかった。警護の者たちは捨て身で駕籠をまもろうとし、果敢に抵抗したからである。

「守れ！　駕籠を守れ」

須貝が絶叫のような声を上げた。

そのとき、警護の者が敵刃をかわそうとして、駕籠の前から離れた一瞬の隙を衝いて、吉場が駕籠の左右に垂れた畳表越しに刀身を突き刺した。

グワッ、という喉のつまったような悲鳴が駕籠のなかから聞こえた。吉場はさらに、刀身を突き刺そうとしたが、駕籠から離れた警護の者が脇から斬りつけ、それをかわすために大きく後ろへ跳んだ。

そのとき、山門の方から、

「あそこだ！」

「小菅さまをお守りしろ！」

と叫ぶ声が聞こえ、バタバタと駆け寄る足音がひびいた。寺に残っていた藩士たちが、騒ぎを聞きつけ飛び出してきたらしい。七、八人いた。夜陰のなかではっきりしないが、寺男や納所《なっしょ》なども混じっているのであろうか。

「引け！　長居は無用」

三浦が声を上げた。

三浦は己の刺撃にくわえ吉場も一撃くわえたので、駕籠の主に致命傷を与えることができたと踏んだのである。

その声で、襲撃者たちは後じさり、対峙していた警護の者との間を取ると、反転して走りだした。

須貝たちは、追わなかった。三浦たちの姿が見る間に夜陰のなかへ溶けていく。

そこへ、数人の藩士と黒い法衣の納所らしい男が駆け付けてきた。

「小菅さま！　ご無事でしょうか」

駆けつけた藩士が、上ずった声で訊いた。

「わしは、大事ない」

と、駕籠の後棒の脇から聞こえた。

そう答えたのは、駕籠の警護についていたひとりの武士で、敵刃を逃れるために襲撃されている間、駕籠の後棒の脇に身を隠すようにしていたのだ。

「わしのことより、川村《かわむら》だ」

そう言いざま、駕籠の脇に片膝付いた男は、眉の濃い初老の武士だった。この男が小菅らしい。

小菅はすぐに、畳表を上げ、

「川村、しっかりしろ」

と、駕籠のなかにいた若い男に声をかけた。

駕籠の主は、川村俊三郎《しゅんざぶろう》という若い藩士だった。どうやら、川村が小菅の身代わりに駕籠に乗ったらしい。

小菅たちが恵徳寺を出るとき、

「小菅さま、三浦たちが命を狙っているとの噂もございます。念のため駕籠は空にし、警護の者にまぎれて屋敷へ帰られたらどうでしょうか」

と、須貝が言い出したのだ。

それを脇で聞いていた川村が、

「ならば、それがしが、駕籠に乗りましょう。駕籠かきの様子から、空だと察知するかもしれません」

そう言って、さっさと乗り込んでしまったのである。

「か、かすり傷です」

川村が顔をしかめて言った。

見ると、左肩と太腿が、赭黒《あかぐろ》い血に染まっている。三浦と吉場の刺撃は、川村の左肩と太腿を突き刺したらしい。

「寺へもどれ！　傷ついた者たちの手当てをするのだ」

小菅が、駕籠のまわりに集まっている者たちに命じた。

須貝たちはすぐに動いた。陸尺を呼び、川村の乗る駕籠を担がせ、寺へもどすとともに、傷ついた他の藩士も、須貝たちの手で寺まで運びこまれた。

川村は重傷だったが、何とか命はとりとめそうだった。ただ、塩崎《しおざき》という藩士が、胸を刀で突かれ、寺へ運び込まれたときは絶命していた。他に三人の藩士が傷を負っていたが、命にかかわるような深手ではなかった。

7

平兵衛と右京が障子をあけると、座敷に三人の武士が座していた。青柳、須貝、それに初老の武士だった。初老の武士は細面で眉が濃く、眼光のするどい男だった。重江藩大目付の小菅喜八郎である。

この日、平兵衛と右京は、柳橋にある清水屋《しみずや》という料理屋に来ていた。昨日、青柳が平兵衛の長屋に来て、

「小菅さまが、何としても安田どのにお会いしたいとのことです。柳橋まで、ご足労願えないでしょうか」

と、伝えたのである。

ちょうど、右京が長屋に居合わせたので、片桐もいっしょでいいか、訊くと、

「願ってもないことです」

青柳は、右京どのも、ぜひ、ごいっしょいただきたい、と言い添えた。

そうした経緯があって、右京とともに清水屋に顔を出したのである。

「さァ、こちらへ」

須貝が声をかけて、平兵衛と右京を小菅の正面に座らせた。

するとすぐに、小菅が、

「お初にお目にかかりますが、小菅喜八郎でござる」

と、口元に微笑を浮かべて名乗った。

つづいて、平兵衛と右京が名乗り終えると、女中が酒肴の膳を運んできたので、一献酌み交わした後、

「実は、三日前の晩、それがしたちが何者かに襲われましてな」

と、小菅が切り出すと、すぐに青柳が後を取って、

「覆面で顔を隠しておりましたが、三浦たちです」

と、強い口調で言った。

そして、その晩の子細を平兵衛たちに話した。

「それで、用向きは」

平兵衛が訊いた。まさか、小菅が襲われたことを平兵衛たちに伝えるために呼んだわけではあるまい。

「すでに、須貝より話があったと思うが、三浦たちを討つために手を貸していただきたい。いや、三浦たち三人だけでも、斬ってもらいたいのだ」

小菅が語気を強めて言った。穏やかそうだった顔に、怒りの表情が浮いていた。闇討ちで若い藩士が死んだことが、我慢ならないらしい。そうしたこともあって、平兵衛たちを呼び出したのかもしれない。

「わしらは、わしらで、三浦たちを討つつもりでおりますが、安易に手が出せんのです。すでに、お耳に入っていると思うが、実は、わしの娘が人質にとられておりましてな。……女々しいと思われるかもしれませんが、この歳になりますと、武士の矜持より、可愛い娘の命を守りたいのが本音でござってな」

平兵衛は正直に話した。

「いや、当然のことでござる。われらも、そこもとの娘御を助け出すためにできるだけのことはいたしましょう。……三浦たちを討つのは、その後で結構でござる」

小菅が顔から怒りの色を消して言った。

すると、それまで小菅と平兵衛のやり取りを聞いていた須貝が、

「実は、そのこともあって、そこもとたちをお呼びしたのでござる」

と言い、それで、娘御が監禁されている場所をつかんでおられようか、と平兵衛を

見つめながら訊いた。

「向島の下屋敷とみておるが」

「三浦たちなら、まずそこでしょう。……実は、下屋敷のことで、気になることがありましてな。そのことも、そこもとたちの耳に入れておきたかったのでござる」

「気になることとは」

「ちかごろ、下屋敷に三浦、吉場、平沼の三人にくわえ、長谷川、真鍋という遣い手もおるようです。それに、警護の人数も増えております」

須貝は、長谷川と真鍋も森重派の藩士であることを言い添えた。

「承知しております」

平兵衛は名は出さなかったが、下屋敷に奉公していた中間から屋敷内の様子を聞いたことを言い添えた。

「さすが、安田どのだ。手が早い」

「娘を助けたい一念からでござる」

「ですが、下屋敷に遣い手を集め、警備を強めているのは、監禁している娘御のためではございますまい」

「うむ……」

それは、平兵衛も感じていた。三浦たちに、監禁したまゆみの身を守る気などあるはずはないのだ。

「人質に取り、安田どのたちの動きを封じるためもあるかと思いますが、真の狙いは安田どのたちを下屋敷内におびき入れて、始末するためとみますが」

「そうかもしれませんな」

平兵衛も胸の内では、同じ見方をしていた。

「三浦たちは手ぐすね引いて待っておりましょう、いわば、娘御は、そこもとたちをおびき寄せるための囮でござろう」

「囮とな」

平兵衛の顔が憤怒にゆがんだ。囮という言葉が、平兵衛の怒りに油をそそいだのである。何のかかわりもない娘を、敵をおびきよせる囮に使うとは――。武士とは思えない卑劣なやり方である。

「いわば、下屋敷は森重一派の巣窟でござる。遣い手を集めているだけでなく、屋敷内に何か罠を仕掛けているかもしれませんぞ」

須貝がそう言ったとき、それまで黙っていた右京が、

「下屋敷が敵の巣窟であろうと罠が仕掛けてあろうと、かまわぬ。どのような手を使

っても、まゆみどのは助け出す」

虚空を睨むように見すえて言った。右京の顔が朱を刷いたように赤らみ、双眸が猛虎を思わせるような猛々しいひかりを帯びていた。

第五章　鬼の群れ

1

孫八は、田の畔道《あぜみち》に腰を下ろしていた。肩に継ぎ当てのある腰切半纏に薄汚れた股引、煮しめたような手ぬぐいで頰っかむりしていた。おまけに脇には竹籠まで置いてあった。どこから見ても、百姓である。

孫八は、畔道に腰を下ろして重江藩の下屋敷に野菜をとどける百姓が通るのを待っていた。洲崎村の百姓の家を何軒かまわり、野菜をとどける五助《ごすけ》と寅次《とらじ》という百姓がこの道を通ると聞いていたのだ。

三日前、平兵衛と右京が孫八の長屋へわざわざ足を運んできて、下屋敷内を探るいい手はないか孫八に訊いたのである。めずらしいことであった。これまで、平兵衛は孫八に探索を頼むことはあったが、相談に来ることなどなかったのである。それだけ、平兵衛と右京が追いつめられているとも言えた。

「旦那、あっしが屋敷内に入《へえ》ってみやすぜ」

孫八が言った。

「ただの屋敷ではないぞ。やつらは、わしらが侵入してくるのを手ぐすね引いて待っておるのだ」

平兵衛は、そんなことをすれば、孫八の命がいくつあっても足りないと思ったらしい。

「昼間、堂々と入っていくんでさァ。むこうは、屋敷内に忍び込むのは暗くなってからとみて、油断してるはずですぜ」

「まァ、そうだろうが。それにしても、あぶない」

「なァに、百姓に化けて入れば、だれも怪しまねえ」

孫八は、下屋敷に野菜をとどける近所に住む百姓に化けると言い添えた。

すると、平兵衛も、いい手だ、と言って、孫八に頼む気になったのである。

孫八がその場に腰を下ろして、小半刻（三十分）ほど経ったとき、畔道のむこうから歩いてくるふたりの百姓の姿が見えた。野菜が入っているらしい竹籠を背負っている。

「五助さんと、寅次さんかね」

孫八が立ち上がって声をかけた。

見ると、籠には茄子、瓜、青菜などが入っていた。

「おらが五助だが、おめえさん、だれでえ」

色の浅黒い狸のような顔をした男が言った。

「孫吉《まごきち》ってえ、隣村の百姓だで」

孫八はそれらしい物言いをした。むろん、孫吉は偽名である。

「そんで、何か用けえ」

もうひとり、おそらく寅次だろうが、すこし背の丸まった男が訊いた。

「おめえさんたちは、そこのお屋敷へ行くんじゃァねえのか」

孫八が下屋敷を指差した。

「そうだよ」

「おらも、いっしょに連れてってくんねえかな。でけえ声じゃァいえねんだがよ。娘が屋敷に無理やり連れて来られたんだが、知ってるかい」

「いいや、知らねえ」

狸顔の五助が、目を丸くして言った。

「実は、おらと縁のある娘でよ。屋敷で賄いをしてる女中でもいたら、様子を訊いてみようと思っただ」

孫八がもっともらしく言った。

「おらたち、娘のことなど知らねえど」

寅次が口をとがらせて言った。

「おらが、屋敷で聞いてみる。いっしょに連れてってくれ」

そう言うと、孫八はふところから巾着を取り出して波銭をつかみ出し、押しつけるようにしてふたりの掌に握らせた。

「すまねえなァ」

ふたりは銭をしまったが、戸惑うような顔をしていた。

「その茄子をすこし分けてもらってよ、おらの籠に入れていっしょに行けば、だれも怪しまねえ」

「そうだな」

五助が背負っていた籠を下ろし、孫八の籠に入れ始めると、寅次も自分の籠から青菜を取り出した。

孫八は五助と寅次の後ろについて、下屋敷の裏門から入った。ふたりは慣れた様子で、屋敷の裏手へまわり、背戸をあけて入っていく。

そこは、台所になっていた。流し場や竈《へっつい》などあった。土間につづいて板敷きの間があり、食器、酒器、小桶《こおけ》、笊《ざる》などを並べた棚がある。その棚の前に、襷で両袖を絞った年配の女がいた。女中らしい。

「おちかさん、茄子と瓜、それに青菜を持ってきただ」

五助が声をかけた。

「いつもご苦労だねえ。すまないが、流しの脇に笊と平桶があるだろう。そこへ入れておくれな」

そう言って、女が下駄をつっかけて土間へ下りてきた。

「おちかさんも大変だねえ。このところ、お屋敷の人数が増えたって聞いてるだ」

孫八が、笑みを浮かべておちかに身を寄せた。

「おや、初めて見る顔だね」

おちかは、孫八の顔を覗くようにして言った。

「へえ、孫吉で……。五助さんたちに頼まれて茄子を運んできただ」

「そうかい。すまないねえ」

おちかは、不審を抱かなかったようである。

「ところで、このお屋敷におらの知り合いの娘が来てるだが、知ってるかね。名はまゆみってゆうだ」

孫八が声をひそめて訊いた。攫われて来たとは言わなかった。奉公人の女中でも、娘が攫われて来たと言えば、話せなくなってしまうだろう。

「あの娘《こ》、あんたの知り合いなの」

おちかが、驚いたような顔をして聞き返した。

「縁があって、おらの甥《おい》っ子といっしょにさせるてえ話があるだ」

孫八がそれらしく言った。

「そうなのかい」

「まゆみは、病気してるじゃァねえだろうか」

孫八が、急に心配そうな顔をして訊いた。

「心配ないよ。ちゃんと、おまささまやあたしが世話してるもの」

おちかによると、おまさというのは、初老の奥女中で、娘のいる部屋の次の間で寝泊まりしているという。

「聞きづれえだが、お屋敷のお侍さまたちの慰み者になってるじゃァねえだか」

「そんなことないよ。あの娘の部屋に、近付くのは大変なんだから」

「どして、大変なんだ」

「廊下を歩くと、音がするようになっていてね。襖《ふすま》の陰には、槍を持ったお侍が何人も隠れるんだから。近付くときは、ちゃんと声をかけてでないと、あたしらだって、ブスリとやられちまうんだよ」

おちかが、小声で早口にしゃべった。

「そうだか。……でもよ、何でそんなことしてるだ。町人の娘を無理に連れてきてよ」

孫八が不審そうな顔をした。

「あたしは知らないよ。お屋敷の方は、無礼を働いたから懲らしめのために閉じ込めておくと言ってたよ。……もうこの話は、やめにして。あたし、もう話さないよ」

そう言うと、おちかは困惑したような顔をしてそそくさと孫八のそばから離れた。あるいは、監禁されているまゆみのことを口外してはならぬ、と口どめされていたのかもしれない。

孫八は台所から出ると、屋敷に目をやりながら、五助にそれとなく、隠居した先代がどこで暮らしているのか訊いた。

「お屋敷の東に別棟があるだよ。そこで、お付きのお女中と暮らしてるだ」

そう言うと、五助は目尻を下げてうす笑いを浮かべた。何か卑猥なことでも想像したのかもしれない。

「厩《うまや》は、どこにあるだ」

「お屋敷の裏手だ」

「馬は何頭いるだい」

「五頭だよ」

孫八は五助と寅次に屋敷の様子を訊きながら裏門へ歩いた。その間、屋敷の周囲に目をやると、襷《たすき》で両袖を絞った藩士らしい男がふたり、歩いているのが見えた。警備の武士らしい。

——なかなか、厳重じゃァねえか。

孫八は、夜になればさらに監視の目が厳しくなるだろうと思った。

2

極楽屋の奥の座敷に燭台の灯《ひ》が点《とも》り、五人の男の顔を浮かび上がらせていた。平兵衛、右京、孫八、島蔵、それに傷の癒えた朴念である。男たちは、いずれもけわしい顔をし、膝先の膳の酒肴《しゆこう》には、ほとんど手を伸ばさなかった。

「ともかく、迂闊に屋敷には入れねえ」

　孫八が屋敷内で探ってきたことを話し終えた後、そう言い添えた。

「廊下を歩くと、襖越しに槍で、ブスリてえ仕掛けかい」

　島蔵が大きな目を剝いて言った。

「それに、警備の藩士もだいぶ増えているらしいですぜ」

「しかも、手練ぞろいだ」

　平兵衛が、三浦、吉場、平沼、長谷川、真鍋の名を上げ、

「ここにいる五人で、侵入したとしても、娘を助け出すことはできまい。それどころか、わしらが皆殺しになるかもしれん」

　と、言い添えた。

「屋敷に火を放って燻《いぶ》り出したらどうだ」

　朴念が言った。

「それはできぬ。まゆみどのが捕らわれているではないか」

　右京が語気を強くした。

「だめか」

　つづいて、口をひらく者はなかった。妙案は浮かばないらしく、いずれも渋い顔を

して黙考している。

どこからか、隙間風が入ってくるらしく、ときどき燭台の炎が揺れ、障子に映った男たちの影を乱していた。極楽屋のなかはひっそりしていた。すでに、店に客はなく、奥の長屋になっている部屋から、ときおり男のくぐもったような声や鼾《いびき》が聞こえてくるだけである。

そのとき、平兵衛が顔を上げて、

「重江藩士の手を借りるか」

と、言った。だが、苦渋の策らしく、平兵衛の顔には苦悶の色が張り付いていた。

平兵衛は前から、須貝に話して小菅派の藩士といっしょに踏み込むことを考えていたが、実現は難しいだろうと思っていたのだ。

いまのところ、小菅派が下屋敷に襲撃して家中の者を斬殺する大義名分はなかった。藩邸内での騒動が公儀に知れれば、重江藩が取り潰される恐れもあった。須貝にしても、大勢の藩士同士で斬り合うことは避けようとするはずである。

「まゆみどのの救出のために、重江藩士が手を貸すでしょうか」

右京がつぶやくような声で言った。右京も、小菅派の者たちに手を借りるのはむずかしいとみているようだ。

「そうだな、何か理由をつけて襲撃にくわわったとしても、二、三人だろうな」

平兵衛も、たいした戦力にはならないような気がした。

ふいに、それまで黙っていた島蔵が口を出した。

「それで、大勢で門から入ることはできるのかい」

「門を入るだけなら、わけねえ。裏は片開きのちいせえ門だけだ」

孫八によると、隠居所として造った屋敷なので、門や塀はそれほど堅牢《けんろう》ではないという。

「どうでえ、地獄の鬼どもを大勢連れてったら。もっとも、おめえさんたちのように腕は頼りにならねえから、小鬼だがな」

島蔵が大きな目をひからせて言った。

「どういうことだ」

平兵衛が訊いた。

「極楽屋に出入りしてる連中に銭をやってな。下屋敷に連れて行くのよ。いまのような身装《みなり》じゃァだめだが、それらしい格好をさせて槍や刀を持たせれば、屋敷の連中も肝を潰すぜ」

そう前置きして、島蔵が話したことは、こうである。

地獄屋に出入りしている者たちに侍や中間らしい格好をさせ、屋敷内に侵入させる。そして、警備の藩士が屋敷から出てきた隙に、平兵衛たちが踏み込んでまゆみを救い出すというのだ。

「おれと朴念が、鬼どもに指図して屋敷の連中を引きつけておくぜ」

島蔵がそう言うと、

「そいつは、おもしれえ。地獄の閻魔《えんま》さまと鬼どもがいっしょなら、怖いものはねえぜ」

朴念が声を上げた。閻魔というのは、島蔵のことである。

「それで、人数はどれほど集められる」

平兵衛が訊いた。

「銭しだいだが、二、三十人は掻き集めるよ」

そのとき、平兵衛と島蔵のやり取りを聞いていた孫八が、元締、と声をかけた。

「裏手に厩がありやす。そこに、馬が五頭いるそうで。馬を放てば、屋敷中が大騒ぎになりますぜ」

「店の奥には馬子だったやつもいる。そいつに、厩をまかせよう」

「こうなると、喧嘩《でいり》じゃァねえ、合戦だぜ」

朴念が愉快そうに言って、猪口に手を伸ばした。

「娘さんを助け出した後ってことになるが」

島蔵が声をあらためて言った。

「仕事のことも忘れねえでくれ。実は、越前屋の久兵衛には、肝煎屋を通して話をつけてあるんだ」

島蔵によると、久兵衛の娘のお藤は相対死に見せかけて殺されたこと、殺された理由はまだはっきりしないが、下屋敷内で何かあったこと、直接手を下したのは三浦らしいが、吉場、平沼もかかわっていることなどを伝えたという。そして、ひとり頭三百両で下手人を殺し、お藤の無念を晴らすことを請け負ったそうだ。

「すでに、手付金として半分はいただいてるんでね。殺らねえわけにはいかねえんだ」

島蔵が口元に薄笑いを浮かべて言った。

抜け目のない男である。平兵衛の娘が敵に捕らえられていることを知りながらも、殺しの仕事は忘れずに話を進めていたらしい。もっとも、島蔵にすれば殺し人の元締として、たとえ平兵衛の娘であっても、情に流されて殺しの仕事に手を抜くことはできないのであろう。

「その金で、極楽屋に出入りしてる者を集めるつもりだが、旦那方は承知してくれるかい」

島蔵が顔の笑いを消して、平兵衛たちに目をむけた。

「むろんだ」

平兵衛が答えると、右京たち三人も承知した。集められた男たちにとっても、命がけの仕事である。相応の金を渡さなければならないだろう。そのことは、島蔵にまかせるしかないのだ。

「よし、これで決まった」

そう言って、島蔵が猪口に手を伸ばした。

それから、平兵衛たちは下屋敷に乗り込む手筈を相談した。都合のいいことに、向島の下屋敷の裏手には掘割があり、大川からつながっていた。何艘かの猪牙舟を使えば、町筋を歩かなくても極楽屋から直接下屋敷近くに着くことができる。夜陰にまぎれて行けば、大勢で乗り込んでも人目に付く恐れはなかった。

話が一段落したところで、平兵衛が、

「青柳だけは連れて行こう」

と、小声で右京に言った。その機会があれば、青柳に許嫁を殺された敵《かたき》を討たせてやろうと思ったのである。

「そうですね」

右京がちいさくうなずいた。

3

黒い雲が流れていた。上空は星空だったが、ときおり雲が月をおおって闇を深くした。

極楽屋の店先に、三十人ほどのいかつい男たちが集まっていた。島蔵、朴念、嘉吉、それに店に出入りしている島蔵の息のかかった男たちである。

男たちの扮装《いでたち》が、いつもと変わっていた。島蔵と朴念は袴姿で、腰に刀を差していた。他の男たちも、どこで見つけてきたのか袴姿で、刀を差し、錆びた槍を手にしている者もいた。なかには、袴姿ではなく看板に股引姿で中間のような格好をし、長脇差を差している者もいた。ただ、髷《まげ》や陽に灼けた顔は変えようがないので、どの男も手ぬぐいや黒布で頬っかむりしていた。暗がりで見れば、どこかの屋敷から繰り出してきた武家の一隊に見えるだろう。

「行くぞ」

島蔵が声をかけると、男たちが、オオッ、と声を上げた。いずれも目をひからせ、顔を紅潮させている。まるで、合戦の出陣のような雰囲気である。

「舟に乗り込め！」

島蔵の指図で、男たちは勇んで近くの桟橋につないであった五艘の猪牙舟に乗り込んだ。

すでに、町木戸のしまる四ツ（午後十時）ちかかった。極楽屋のある吉永町界隈は夜の帳《とばり》のなかに沈んでいた。風のなかに潮と木の香りがある。吉永町は江戸湊に近く、木場が多かったので、潮風のなかに木の香りがするのである。

五艘の舟は仙台堀から大川へ出ると、川上に水押《みお》しをむけた。対岸の日本橋の家並も深い夜陰につつまれていた。月光に照らされた川面が、無数の青磁《せいじ》色の起伏を刻みながら江戸湊の彼方まで、広漠とひろがっている。

やがて、舟は吾妻橋をくぐり、右手に三囲稲荷の神社や弘福寺の黒い杜を見ながら掘割へ入った。

そのころ、重江藩下屋敷の裏手に近い掘割のそばに四人の男が、舟の来るのを待っていた。平兵衛、右京、孫八、それに青柳である。

極楽屋でまゆみを助け出す手筈を相談した後、平兵衛が青柳に会い、下屋敷内に侵入して娘を助け出すつもりだが、そのおり、三浦たちと戦うことになる、と話すと、

「安田どの、それがしも連れていってください。萩江どのの無念を晴らすために、せめて、一太刀なりとも三浦にあびせたいのです」

と、強く懇願したのである。

「藩邸に押し入って家中の者を殺せば、咎めを受けるのではないのか」

平兵衛が念を押すと、

「小菅どのに御暇《おいとま》の願いを出し、牢人として同行いたします」

青柳は決意のこもった声で言った。

「それならば、いっしょに来てくれ」

こうした経緯があって、青柳を同行したのである。

そのとき、孫八が平兵衛に身を寄せて、

「旦那、やりやすかい」

と、手にした貧乏徳利を差し出した。いつものように、平兵衛のために酒を用意したのである。

平兵衛は己の手をひらいて、顔の前にかざして見た。

「わしの手が、怯えておる」

平兵衛が小声で言った。

いつもそうだった。強敵との戦いを前にすると、平兵衛の顔は蒼ざめ、全身が小刻みに顫《ふる》えだすのだ。真剣勝負に対する怯えと気の昂りからだった。まともに刀も握れないほど、体が反応するのである。長年修羅場をくぐってきたのだが、こうした体の反応は平兵衛自身にもどうにもならなかった。

——だが、わしには酒がある。

平兵衛は胸の内でつぶやき、いつも、すまぬな、と孫八に礼を言って、貧乏徳利を受け取った。

平兵衛は貧乏徳利の栓を抜くと、喉を鳴らして五合ほどの酒を一気に飲んだ。いっときすると、蒼ざめていた平兵衛の顔に朱がさし、双眸が強いひかりを宿し、体の震えがとまってきた。

平兵衛の体に酒気がまわると、乾いた大地で萎《しお》れていた草木がじゅぶんな水を与えられたように全身に気勢が満ち、丸まっていた背が伸びたように見えた。人斬り平兵衛と恐れられた殺し人の真の姿をあらわしたのである。

「安田さん、生き返ったようですね」

右京が小声で言った。右京も、平兵衛が戦いの前に己の気の昂りと恐れを払拭するために酒を飲むことを知っていたのだ。

青柳だけは、驚いたような顔をして平兵衛を見つめている。

そのとき、孫八が、

「旦那、猪牙《ちょき》舟が来やしたぜ」

と、声を殺して言った。

堀の先に目をやると、淡い月光のなかに猪牙舟とそれに乗る黒い人影がかすかに識別できた。男たちを乗せた何艘かの舟がつらなってくる。舟が近付くにつれ、水押しで水面を分ける音がしだいに大きくなってきた。

五艘の舟は次々に桟橋に着き、島蔵と朴念につづいて、武士らしい格好をした男たちが次々に桟橋に飛び下りた。多勢である。いずれも、極楽屋に出入りする荒くれ男たちである。

「どうだい、屋敷の様子は」

島蔵が土手を上がり、平兵衛たちに近付いて訊いた。桟橋に下り立った男たちも、足音を忍ばせて土手を上がってきた。

「いつもと変わらぬようだが、警備はなかなか厳重だな」

平兵衛が小声で言った。集まった男たちは、目をひからせて平兵衛と島蔵に視線を集めている。

板塀の向こうに、屋敷が黒く沈んだように見えていた。ひっそりとして、人声や物音は聞こえてこなかったが、かすかに洩れてくる灯の色があった。まだ、起きている者がいるようである。

島蔵が屋敷に目をやりながら、

「孫八、手筈どおりやるぜ」

と、声をひそめて言った。

「へい」

と応え、こっちで、と言って、孫八が身をかがめて裏門の方へ忍び足でむかった。

孫八に平兵衛たちがつづき、その後から島蔵と朴念に率いられた一隊がついてくる。足を忍ばせ、前屈みで歩く男たちの黒い輪郭だけがぼんやりと見えた。大勢でぞろぞろ歩く姿は、鬼の群れを思わせるような奇妙で不気味な雰囲気があった。

裏門の前で孫八が手を上げて後続の男たちを制した。門は閂《かんぬき》がしてあるようだったが、ちいさな片開きの門である。

孫八は門扉に手をかけると、スルリと這い上がり、門の向こう側へ飛び下りた。門扉は低く、すこし身の軽い者なら簡単に越えられる。

待つまでもなく、閂が外されて門扉があいた。平兵衛たち四人につづいて、島蔵たちが足音を忍ばせて入っていく。

そこは、屋敷の裏手だった。周囲は夜陰にとざされ、警備らしい男の姿はなかった。ただ、表の方でかすかな物音と男の声が聞こえるので、巡視はいるらしい。おそらく、玄関まわりに目をくばっているのであろう。

——油断はできぬぞ。

平兵衛が胸の内でつぶやいた。屋敷内が静か過ぎる。深い闇につつまれた屋敷のどこかに、牙を剝いた巨獣が獲物を待っているような気配がした。だが、ここまで来れば手筈どおりやるしかなかった。

「孫八、行くぞ」

平兵衛が声をかけると、孫八が、へい、と応えて、背戸の方に歩きだした。平兵衛、右京、青柳の三人がつづく。

島蔵たち一隊は、板塀のそばの暗がりに身を隠して息をひそめている。平兵衛たちが侵入したのを見計らって仕掛ける手筈になっていたのだ。

4

孫八は背戸の引き戸に手をかけた。引いてみたが、あかない。

孫八はふところから細い針鉄《はりがね》を取り出すと、戸の隙間から差し込んで動かしていた。すると、コトッという音がした。孫八が引き戸に手をかけて引くと、今度は簡単にあいた。心張り棒がはずれたらしい。

孫八は百姓に化けて、台所に入ったとき、背戸には簡単な心張り棒がかってあるだけなのを見ておいたのである。

孫八は無言のまま、平兵衛たちになかへ入るよう手招きした。

なかは漆黒の闇だった。ただ、わずかに奥が明らんでいる。廊下の奥の座敷に明かりがあるのだろう。

「ここで、待っててくだせえ」

そう言い置き、孫八が闇のなかを這うようにして進んだ。

いっときすると、闇にとざされている奥の方で石を打つようなかすかな音がし、ポッ、と明かりが点った。孫八がちいさな皿型の手燭を手にしている。孫八は、その手燭が台所の食器棚の隅に置いてあったのも目にしていたのである。

ぼんやりと台所の様子が見えてきた。竃《へっつい》や流し場などのある土間につづいて板敷きの間があり、壁側には食器や酒器を並べた棚があった。その棚の前に立った孫八が、こっちで、というふうに手招きした。平兵衛たち三人は、足音を忍ばせて孫八に近付いた。

孫八たちは廊下へ出ると足をとめ、気配をうかがった。ここから先は迂闊に進めなかった。身をひそめた敵がどこから槍をついてくるか、分からないのである。

いっとき身をかがめて気配をうかがっていると、突然、屋敷の表の方で大勢の足音と叫び声が起こった。怒号や屋敷内にむかって人を呼ぶ声も聞こえた。島蔵たちが仕掛けたのである。

いっときして屋敷内から、敵襲！　という叫び声がし、慌《あわ》ただしく障子をあける音や廊下を走る音などがひびき、騒然となった。ただ、虚を衝かれて慌てふためいている様子はなかった。屋敷内の動きが早いことからみても、多くの者が侵入者にそなえて待機したことがうかがえる。

そのときだった。屋敷の裏手の方で、突如、馬の嘶《いなな》きが聞こえ、地を揺るがすような馬蹄のひびきが起こった。島蔵の手下が、厩の馬を放ったらしい。

警護の者たちを外へおびき出すだけでなく、屋敷内で立てる物音も消してくれそうだ。

「こっちも、動きやすぜ」

孫八が、そう言ったときだった。

ふいに、平兵衛たちのすぐ前の障子があき、女がひとり首を出した。寝間着姿である。何事が起こったのか、様子を見ようと顔を出したらしい。

「ここは、あっしが」

そう言うと、孫八は手燭を平兵衛に手渡して、前に走り出た。

走り寄る孫八の姿を見て、女が悲鳴を上げた。だが、それほど大きな悲鳴ではなかったので、屋敷内に起こった馬蹄のひびきや男たちの叫び声などに掻き消されてしまった。

女はおちかだった。おちかは、目をつり上げて凍りついたようにつっ立っていた。恐怖で身が竦んでしまったらしい。

孫八はふところから匕首を取り出すと、おちかの胸元に付け、

「おちか、静かにしな」

と、声をかけた。

おちかは自分の名を呼ばれたことで目を剝いたが、身を硬くして立っているだけで何も言わなかった。

「おれの言うとおりすれば、何もしねえよ。なに、てえしたことじゃァねえんだ」

孫八がおだやかな声で言うと、おちかはいくらか気が鎮まったのか、身を顫わせながらもうなずいた。

「おれたちは、奥にとじこめられている娘を助けに来ただけなのよ。……おめえは、その部屋に案内してくれれば、いいんだ」

孫八がそう言うと、おちかはうなずいたが、すぐに顔をこわばらせて、

「で、できないよ」

と、声をつまらせて言った。

まゆみが監禁されている部屋まで行くには、槍を手にした者がひそんでいる部屋の前を通らなければならないことを思い出したようだ。

「なに、おめえを串刺しにはしねえ。廊下の隅まで連れていって、閉じ込められてる座敷を教えてくれりゃァいいのよ」

「わ、分かった」

おちかが言った。

おちかの背後に孫八がつき、その後に平兵衛たち三人がつづいた。二部屋分だけ廊下を歩くと、長い廊下に突き当たった。おちかは、そこで足をとめると、突き当たった廊下の右手の先を指差し、

「こ、この奥の左手……」

と、声を震わせて言った。顔が蒼ざめ、体の顫えが激しくなった。どうやら、途中の部屋で待ち伏せしている者がいるらしい。

「廊下を歩くと、音がするはずですぜ」

孫八が言った。

「鶯張《うぐいすば》りか」

歩くと人の重さで廊下が軋み、鶯の鳴くような音をたてる廊下である。

「用心しながら、進むしかあるまい」

そう言って、右京が前に出ると、刀を抜いた。廊下を進むつもりらしい。

「わしも行く」

平兵衛が右京の左手に立ち、片桐さんは右手を見てくれ、と言って、ふたりして歩きだした。すぐ後ろに、孫八と青柳がつづいた。

そのとき、まゆみは奥の座敷で、闇のなかに目を凝《こ》らしていた。突然、屋敷の内外で起こった騒ぎで目を覚ましたのである。

地を揺らすような馬蹄のひびきにつづき、屋敷のなかでも、男たちの怒号や慌ただしく障子や襖をあける音がした。

——敵襲！　多勢だぞ。騎馬だ！　外へ出て、迎え撃て。

などという声が、まゆみの耳にとどいた。

まゆみは、大勢の者たちが屋敷を襲撃し、屋敷内にいた武士たちが迎え撃とうとしていることを知った。

と、すぐ近くの部屋から、怒号や絶叫とはちがう低い男の声と足音が聞こえた。安田や片桐が屋敷内に侵入してくるかもしれんぞ、という声が、聞き取れた。何人かの男が、近くの部屋へ入ったようだ。

片桐という言葉が、まゆみの胸を射た。なぜ父と右京は自分がこの屋敷に捕らえられていることを知ったのか、屋敷内にいる者がなぜ父や右京を知っているのか、いまのまゆみに、そうしたことを思いめぐらせる余裕はなかった。

——片桐さまが、ここへ！

まゆみの胸の鼓動が、急に激しくなった。片桐さまがここに来るかもしれない、との思いだけで胸がしめつけられたのである。

むろん、まゆみは声を出した者たちが近くの部屋に身をひそめ、近付いてくる者たちを槍でしとめようとしていることなど知らなかった。

まゆみは聞き耳を立て、目を闇に凝らした。すこしでも早く、近付いてくる者の気配を感じ取ろうとしたのである。

5

右京はすこし身をかがめ、刀身を寝せた低い八相《はっそう》に構えて右手の座敷の気配をうかがいながら進んだ。一方、平兵衛は刀身を左肩に担ぐような逆八相の構えをとっている。ふたりは並んで歩く相手を傷つけることなく、刀身を横に払えるように構えたのだ。

足裏を擦るようにして歩いたが、それでも歩く度に廊下が、キュッ、キュッと音をたてた。

右京は、いっときも早くまゆみの許へ駆け付けたかったが、その逸る心を抑え、気を鎮めて座敷の気配をうかがいながら進んだ。

――いる！

二間ほど先の右手の襖の陰に人のいる気配がした。殺気がある。わずかな衣擦れの音とはずむような息の音も聞こえた。

――安田さん、あそこ。

右京が平兵衛の顔を見て、声は出さず口の動きだけで伝えた。

――向かいの座敷にも。

平兵衛がやはり口の動きだけで知らせた。

「同時に、仕掛けましょう」

言いざま、右京が右手の端の襖をあけた。間髪を入れず、平兵衛も左手の襖をあけて座敷に踏み込んだ。

部屋は暗かったが、明り取りの窓から月光が射し込み、襖際にいたふたりの男を黒く浮き上がらせた。槍を手にしている。

ふたりは右京の姿を見ると、慌てたように槍をむけて身構えた。

右京は八相に構え、摺《す》り足で一気に迫った。迅速《じんそく》の寄り身である。

「おのれ！」

叫びざま、小柄な男が槍を突き出した。だが、それほどするどい刺撃ではなかった。恐怖と気の昂《たかぶ》りのため、肩に力が入りすぎて穂先が揺れている。

右京が身を寄せざま、八相から刀身を袈裟に振り下ろして槍穂を打ち落とすと、柄を伝うようにして小柄な男との斬撃の間へ踏み込んだ。一瞬の太刀捌《さば》きである。

タアッ！

鋭い気合を発しざま、右京は逆袈裟に斬り上げた。

男が絶叫を上げてのけ反った。腋から胸にかけて、ザックリと割れている。次の瞬間、ひらいた傷口から血が迸《ほとばし》り出、見る間に男の上半身を朱に染めていく。

男は後ろへよろめき、襖に背を当てると、ズルズルと腰から沈み込むように尻餅をついた。襖に赭黒い血の痕《あと》が太い筋状に残った。男は槍をつかんだまま目を剝いていたが、そのまま動こうとはしなかった。

もうひとりの痩身の男は、右京が小柄な男の手元に飛び込むのを見て、慌てて後じさった。槍をふるえるだけの間を取ろうとしたのである。

右京が小柄な男を逆袈裟に斬り上げたとき、痩身の男は喉のつまったような短い気合を発して槍で突いてきた。

峰（きっさき）が、右京の肩先をかすめて空を突いた。一瞬、右京は上体を前に倒して、槍の刺撃をかわしたのである。

間髪を入れず、右京の体が躍動した。小柄な男を逆袈裟に斬り上げた刀身を返しざま、槍の太刀打ち（穂に近い柄の部分）へ斬り下ろした。

カッ、と音がし、槍穂が畳に落ちた。

右京の動きはそれでとまらなかった。流れるような体捌きで痩身の男に身を寄せると、胸部に刀身を突き刺した。

痩身の男は喉のつまったような呻き声を上げ、その場につっ立った。切っ先が背から抜けている。

右京が男に身を寄せて動きをとめたのは、胸を突き刺した一瞬だけだった。次の瞬間、右京は男の胸を肩先で突き飛ばして後ろへ跳んだ。

と、男の胸から血が噴いた。心ノ臓を突き刺した刀身を抜いたからである。男は血を驟雨《しゅうう》のように撒《ま》きながらよろめき、足がとまると、腰からくだけるように転倒した。

畳に伏臥した男は四肢《しし》を痙攣《けいれん》させているだけで、悲鳴も呻き声も洩らさなかった。息絶えたようである。

右京は血刀をひっ提《さ》げたまま次の部屋につづく襖をあけた。だれもいない狭い座敷があり、その先にさらに襖で仕切られた座敷があった。右京は、すぐに襖に走り寄ってあけ放った。

闇にとざされた座敷の隅に人のいる気配があった。黒い人影と白い顔がかすかに識別できた。女である。

「まゆみどの」

右京が声をかけた。

ビクッ、と人影が揺れ、片桐さま、という喉のかすれたような声がした。

「まゆみどの、助けにきましたぞ」

声を上げ、右京がまゆみのそばに走り寄った。

「片桐さま……」

まゆみが絞り出すような声で言った。闇のなかにかすかに浮き上がった顔が、泣き出す寸前のようにゆがんでいる。

まゆみの頭のなかは真っ白だった。懸命に、胸から衝き上げてきた激情を抑えていた。頭のどこかに、取り乱した姿を右京に見られたくないとの思いがあったのである。

「安田どのも助けに来ています」

言いながら、右京は切っ先で後ろ手に縛られているまゆみの縄を切った。

まゆみは、体が顫えてなかなか立てなかった。歓喜、切なさ、羞恥、戸惑い……。様々な感情と思いがまゆみの胸のなかで膨れ上がり、胸が張り裂けそうだった。

「怪我は」

右京がまゆみの両肩に手を置いて、やさしい声で訊いた。

まゆみは右京と目を合わせたまま首を横に振った。すると、右京の優しい声に誘発されたように、恋情と切なさが胸から衝き上げてきて嗚咽のような細い声が洩れた。

右京は両手に力を込めて、まゆみを立たせた。右京もまた激しい恋情に衝き動かされ、いま敵との戦いのなかにいることを忘れていた。

まゆみは立ち上がって右京と目を合わせると、やっとのことで、

「右京さま……」

と、口にした。そして、吸い込まれるように身を寄せると、顔を右京の胸に埋めた。

右京はまゆみの肩に手をまわして抱き締めた。まゆみの体は柔らかく、頼りなげであった。右京はまゆみを逃すまいとするように両腕に力をこめた。まゆみは右京の胸のなかで、掌のなかの雛鳥のように身を震わせている。

ふたりがそうしていたのは、ほんの一瞬だった。廊下を慌ただしく駆け寄る音が

し、まゆみ、と呼ぶ、平兵衛の声がした。

その声で、ふたりは弾かれたように身を離した。

襖があき、孫八の手燭とともに三人の男が部屋へ入ってきた。平兵衛、孫八、青柳である。平兵衛は返り血を浴びて顔が赭黒く染まっていた。別の座敷で待ち伏せていた敵を斃したらしい。

平兵衛は、すばやくまゆみの体に視線をやり、無事であることを確認すると、

「孫八、まゆみを頼むぞ」

と、言った。父と娘で無事を喜び合う時間はなかったのである。

すると、孫八が、お嬢さん、こっちへ、と言って、手燭で廊下の方を照らした。まゆみを助け出したら、孫八とまゆみとで屋敷を抜け出し、長屋まで同行する手筈になっていたのだ。

平兵衛や右京が殺し人であることを気付かれないためにも、平兵衛たちの斬り合う光景をまゆみに見せたくなかったのだ。それに、平兵衛と右京がこのまま屋敷から出てしまったら、島蔵たちが三浦たちの餌食になってしまうだろう。

「まゆみどの、長屋で待っていてくれ」

右京は戸惑うような顔をして立っているまゆみの手をつかむと、強引に廊下へ連れ

出した。

孫八とまゆみの姿が、廊下の闇のなかに消えると、平兵衛が、

「これからが、勝負だぞ」

と、顔をひきしめて言った。

6

そのころ、屋敷の玄関のまわりでは、島蔵と朴念の率いる一隊と三浦たちが対峙していた。すでに馬蹄の音は聞こえなくなっていた。ときおり嘶《いなな》きは聞こえたが、馬たちは屋敷のどこかで足をとめたらしい。

島蔵と朴念が一隊の前に立ち、極楽屋から連れてきた総勢三十人ほどの一隊は、表門や板塀の近くの闇のなかに身を隠すように立ち並んでいた。手に手に刀や長脇差を持っていたが、どの男も屁っぴり腰だった。前に突き出された刀身が白い櫛歯のように並び、月光を反射《はね》て笑うように揺れている。

対する三浦たちは、総勢十人である。三浦、吉場、平沼、長谷川、真鍋たちの他に五人の藩士がいた。いずれも腕に覚えのある者たちだったが、屋敷内に踏み込んでき

た一隊の人数の多さに圧倒されていた。まさか、これほどの人数で襲撃してくるとは思ってもみなかったのである。

「やれ、皆殺しにしろ！」

島蔵が大声を上げると、後ろに立ち並んだ男たちが、オオッ！　といっせいに喚声を上げたが、手にした刀や長脇差が揺れただけで動こうとはしなかった。平兵衛と右京が駆け付けるのを待っていたのである。

その様子を見ていた三浦が、

「この者たちは、戦う気がないぞ」

と言って、刀をひっ提げたまま前に進み出た。吉場や平沼も島蔵たちとの間をつめてきた。

「大勢で取り囲んで、ぶった斬れ！」

朴念が味方を鼓舞するように叫んだ。こうした戦いは怖《お》じ気付いた方が負けである。宿場の喧嘩《でいり》に何度もくわわったことのある朴念は、やくざ者たちの喧嘩を左右するものが恐怖と怯えであることを知っていたのだ。

その声で、立ち並んだ男たちが手にした刀や長脇差を前に突き出すようにして、三浦たちを取りかこむように動いた。どの男も目をつり上げ、歯を剥《む》き出している。唸り声とも気合ともつかぬ声を上げる者もいた。敵が間近に迫ってくるのを見て、野獣のような本能を剝き出したようである。

「きさまら、だれに頼まれた」

三浦が足をとめて訊いた。男たちの言葉遣いから、武士の集団ではない、と看破したようだ。

「地獄の閻魔さまに、頼まれたのよ」

嘉吉が声を上げた。

「地獄から迷い出た死に損ないか」

三浦が揶揄《やゆ》するように言うと、

「おれたちは、地獄の鬼だ！」

島蔵の手下のひとりが、怒鳴った。すると、別のひとりが、殺《や》っちまえ！　と叫び、急に一隊が勢いづいた。

そのときだった。三浦たちの背後で足音がし、人影があらわれた。平兵衛、右京、青柳の三人である。

平兵衛と右京は刀を逆八相と八相に構えると、いきなり疾走した。

「後ろに、敵だ！」

叫んだのは、長谷川だった。

平兵衛が一気に長谷川に迫った。右京は脇にいた別の武士に走り寄っていく。

長谷川は反転し、切っ先を平兵衛に向けた。

平兵衛は一気に長谷川の正面から斬撃の間境に踏み込んだ。果敢で鋭い虎の爪の寄り身である。

平兵衛の顔は豹変していた。ふだんの好々爺《こうこうや》のような穏やかな表情は拭い取ったように消え、肌が朱を刷いたように赤らみ、双眸がひかり、歯を剝いていた。まさに獲物に迫る猛虎のような形相である。

長谷川は平兵衛の迫力に押され、青眼に構えたまま後じさった。かまわず、平兵衛はさらに踏み込んだ。

長谷川は平兵衛の急迫に耐えられずに面へ斬り込んだが、逃げながらの斬撃だったので、するどさがなかった。

甲高い金属音がひびき、長谷川の刀身が流れた。平兵衛が逆袈裟から刀身を跳ね上げて払ったのである。

刹那、平兵衛の二の太刀が袈裟に斬り落とされた。一瞬の連続技である。

長谷川がのけ反った瞬間、血が肩先から火花のように飛び散った。平兵衛の斬撃は長谷川の右の肩先から入って左の脇腹へぬけていた。凄まじい一刀である。

長谷川は腰からくずれるように倒れた。悲鳴も苦痛の呻き声も聞こえなかった。地面に仰臥した胸部から血の流れ落ちる音が聞こえるだけである。

肩口から胸部にかけて大きくひらいた傷口から、切断された肋骨が覗いていた。猛獣の爪のように見える。これが、虎の爪の斬撃だった。

このとき、右京もひとりの藩士を斃していた。

三浦たちに動揺がはしった。前後の敵に挟まれ、浮き足立っている。

それを見た島蔵と朴念に率いられた一隊が急に勢いづいた。怒号や雄叫びを上げ、刀や長脇差を振り上げて三浦たちに迫ってきた。

「怯むな！　かたまれ」

三浦が叱咤するような声を上げた。

すると、三浦の脇にいた平沼が、

「真鍋、木島《きじま》、宇田島《うだじま》、田村《たむら》、おれといっしょに、死に損ないどもを蹴散らせ！」

と、叫んだ。仲間を二分し、前後の敵に当たろうとしたのである。

その声で、四人の武士が、巨漢の平沼の周囲に集まり、島蔵たちの一隊に切っ先をむけた。

一方、三浦たち三人が平兵衛と右京の前に走った。

「安田、おれが相手だ」

三浦が、憤怒に顔を赭黒く染めて平兵衛の前に立ちふさがった。

右京は吉場と対峙し、青柳はもうひとりの藩士と切っ先をむけ合った。ただ、青柳は大きく間合を取っている。向き合った藩士を斬る気はないのかもしれない。やはり、家中で対立しているとはいえ、同じ家臣となると気後れするのだろう。対峙した藩士も同様だった。殺気はなく、青柳にむけた切っ先が揺れている。

「うぬは、いったい何者だ」

三浦が平兵衛を見すえながら誰何《すいか》した。細い目が、切っ先のようなひかりを宿していた。

「わしらは、地獄の鬼だよ」

平兵衛がくぐもった声で言った。

「ならば、おれが鬼を成敗してくれよう」

言いざま、三浦は青眼に構えた。

初めて対峙《たいじ》したときと同じように刀身を低くし、切っ先を平兵衛の喉元につけている。

対する平兵衛は逆八相に構えた。虎の爪の構えである。三浦が摺り足で、すこしずつ間をつめてきた。剣尖に槍穂で突いてくるような威圧がある。

だが、平兵衛は三浦を睨むように見すえたまま動かなかった。全身に気魄《きはく》がこもり、丸まっていた背が伸びて体がひとまわり大きくなったように見えた。

イヤアッ！

突如、平兵衛が裂帛《れっぱく》の気合を発して疾走した。迅速な虎の爪の寄り身である。猛虎が獲物に迫るような迫力があった。

一瞬、三浦は寄り身をとめて目を剝いたが、すぐに表情を消した。三浦も、平兵衛の果敢で迅速な寄り身は経験していたのだ。

平兵衛は一気に斬撃の間境を越えた。

と、三浦がするどい気合を発し、袈裟に斬り込んできた。真っ向ではなかった。一瞬、三浦は真っ向へ斬り込む危険を察知したのかもしれない。

平兵衛は逆八相から、刀身を斜《しゃ》に払った。

二筋の閃光が斜にはしり、お互いの眼前ではじきあった。次の瞬間、ふたりの刀身は流れ、体勢がくずれた。

間髪を入れず、ふたりは背後へ跳びざま二の太刀をふるった。

平兵衛は三浦の手元に斬り落とし、三浦は胴を払っていた。お互いの切っ先が右手と脇腹をとらえたが、皮肉を浅く裂いただけである。

「互角か」

三浦がふたたび青眼に構えた。その右の手首から、たらたらと血が滴り落ちている。

「そうかな」

平兵衛は逆八相に構えた。着物の脇腹が裂けていたが、血の色はなかった。

すぐに平兵衛は疾走した。虎の爪の寄り身に対し、三浦が袈裟に斬り込んでくると分かれば、平兵衛には別の手があったのである。

平兵衛はするどい寄り身で、一気に間境に踏み込んだ。

タァッ！

短い気合を発し、三浦が袈裟に斬り込んできた。

刹那、平兵衛は右手に跳びざま、逆八相から刀身を横に払った。

三浦の切っ先が平兵衛の肩先をかすめて空を切り、平兵衛の手に骨肉を斬った重い手応えが残った。

ふたりは交差し、大きく間を取って反転した。三浦の左腕がだらりと垂れていた。裂けた袖が、噴き出した血で真っ赤に染まっている。平兵衛の横に払った一颯《いっさつ》が、三浦の腕を骨まで断ったのである。

「お、おのれ！」

三浦は悲鳴のような声を上げ、ふたたび刀を構えようしたが、刀身が大きく揺れて構えられない。

「いまだ！　青柳、討て」

平兵衛が叫んだ。

藩士と対峙していた青柳は、はじかれたように平兵衛の脇に駆け寄ってきた。藩士は青柳にむかってこず、後ろに身を引いた。この場の戦いは味方の不利と見て、逃げ出そうとしている。

青柳の顔は蒼ざめ、目がつり上がっていた。青眼に構えていたが、切っ先が震えている。三浦を目の前にして異様に気が昂っているようだ。

「討て！　青柳」

平兵衛が強い声で言った。

「萩江どのの敵《かたき》！」

青柳は甲走《かんばし》った声を上げ、踏み込みざま青眼から袈裟に斬り付けた。たたきつけるような一撃だった。

咄嗟に、三浦は刀身を振り上げて受けようとしたが、途中までしか刀は上がらなかった。

青柳の刀身が、三浦の首根へ深々と食い込んだ。三浦の首が横にかしぎ、食い込んだ刀身の間から血が音を立てて噴出した。首筋の血管《ちくだ》を斬ったらしい。

青柳は三浦の首根に食い込んだ刀の柄を握りしめたまま、蒼ざめた顔で呆然とつっ立っていた。驟雨《しゅうう》のように血飛沫が散り、三浦の顔を真っ赤に染めていく。

グラッ、と三浦の体が揺れ、前につんのめるように転倒した。伏臥した三浦は動かなかった。立っているうちに絶命したのかもしれない。

「敵を討ったな」

「は、はい」

青柳の顔は血で赭黒く染まっていたが、両眼だけは白くかがやいていた。

7

戦いは終わった。夜陰のなかに血の濃臭がただよい、苦しげな呻き声が聞こえた。

玄関先に、六人の死体が横たわっていた。三浦、吉場、長谷川、真鍋、それに木島と田村だった。宇田島、青柳と対峙していた木下《きのした》、それに若い野崎《のざき》という藩士が手傷を負い、島蔵の手下たちの手で捕らえられていた。

吉場を斬ったのは、右京だった。また、平沼たちに立ち向かったのは朴念と島蔵の手下たちで、平沼には逃げられたが真鍋は討ち取っていた。真鍋の体は傷だらけだった。大勢で取りかこまれて仕留められたらしい。

平沼は、大勢で入り乱れての戦いの隙を見て屋敷から逃げたようだ。

味方で手傷を負ったのが三人いた。いずれも島蔵の手下である。ただ、命にかかわるような傷ではなく、極楽屋にもどってから島蔵に手当してもらえば大事にはならないだろう。

「こいつらも、殺《や》っちまいますかい」

朴念が、手下たちに取り押さえられている三人に目をむけて訊いた。

「待て、この者たちに訊きたいことがあるのだ」

平兵衛は、青柳と対峙していた木下の前に立った。三人のなかでは、平兵衛たちに立ち向かう気がないように見えたからである。

「わしらは、重江藩の騒動に何のかかわりもないが、捕らえられた娘を助けるために屋敷を襲撃したのだ」

平兵衛がつづけた。

「町娘を相対死に見せかけて殺し、さらにわしの娘まで攫って屋敷内に監禁した。……騒動の渦中とはいえ、大名家とは思えぬ悪行ではないか」

平兵衛は、金ずくで三浦たちの殺しを引き受けたことは口にしなかった。

木下は顔を伏せた。顔が苦悶にゆがんでいる。平兵衛に指摘され、忸怩《じくじ》たる思いにとらわれたのであろう。

「なにゆえ、越前屋の娘を殺したのだ」

「そ、それは……」

木下は口から出かかった言葉を慌てて飲み込んだ。話せないらしい。

すると、脇から青柳が、

「木下どの、話してくれ。われらは同じ重江藩の者ではないか。藩のことを思う気持ちは、変わらぬはずだ」

と、訴えるように言った。

「と、床を、強要され、逆上したためだ」

木下が絞り出すような声を出した。

「隠居した佐渡守か」

盛明は病身だと聞いていたが、色欲だけは旺盛なのかもしれない、と平兵衛は思った。

「大殿ではない。ちかごろ、大殿はほとんど寝たきりで、別棟にこもったまま宴席にお出にもならぬ」

木下が声を落として言った。

「屋敷の主でなければ、だれなのだ」

「それは……」

木下は、どうしても言えないようだった。

「まさか、宴席に出た者たちが、大勢で娘たちを弄《もてあそ》んだのではあるまいな」

平兵衛は、藩士たちが宴席で乱痴気騒ぎをし、いやがる娘たちを生贄《いけにえ》にしようとしたのではないかと思った。

「そのようなことは、断じてござらぬ」

木下が強く否定した。

「では、だれだ」

「そ、それは……。ご家老さま」

木下は声を震わせて言うと、がっくりと両肩を落とした。

「森重か！」

平兵衛の胸に強い怒りが湧いた。

森重は江戸家老の身で、盛明が病床に伏せっていることをいいことに藩政を牛耳《ぎゅうじ》るとともに、盛明の無聊《ぶりょう》を慰めると虚言を吐いては藩費を使い自分たちだけで遊山や宴席をひらいていたのであろう。しかも、宴席後、己の色欲を満たすために生娘《きむすめ》まで弄んだというのである。

「わしの娘も、森重の生贄だったのか」

まゆみは、平兵衛たちを下屋敷内に呼び込んで始末するための囮であると同時に、森重の色欲を満足させるための生贄だったのかもしれない。

「そ、それがしには、分かりませぬが、近い内に納涼のための酒席をひらくとの話はありました」

木下が、視線を落としたまま言った。まともに、平兵衛の顔を見られなかったらしい。

「非道な男だ」

このまま、森重を生かしておくわけにはいかぬ、と平兵衛は思った。それに、森重をこのままにしたら、越前屋の娘のお藤の敵を討ったことにはならないだろう。手を下したのは三浦たちかもしれないが、お藤を殺した張本人は森重なのである。

そのとき、島蔵が平兵衛に身を寄せ、

「旦那、こうなったら森重も殺っちまおう。越前屋には、ひとり大物が残っていたと話して金を出させる。なに、あれだけの身代だ。可愛いひとり娘の仇を討ったためなら、まだ、五百ぐれえは出すはずだ」

と、ささやいた。何とも、抜け目のない男である。この期に及んで、まだ金を出させようというのである。

「元締にまかせよう」

平兵衛も、青柳には聞こえない声で言った。

「それで、こいつら、どうしやす。後腐れのねえように、始末しちまったらどうだい」

朴念が言った。声に苛立ったようなひびきがあった。この男は短気である。面倒なことは避け、早く殺して始末をつけたいらしい。

「この三人は、わたしに任せてもらえませんか」

青柳が言った。

「どうするつもりだ」

「この三人は、森重の悪行を知っている生き証人です。森重の悪政をあばくためにも、生かしておきたいのです」

「いいだろう」

平兵衛は、三人の処置を青柳にまかせようと思った。ただ、これで森重が自らの罪を認めて、処罰を受けるとは思えなかった。森重は下屋敷が襲撃されて木下たちが捕らえられたことを知れば、何らかの卑劣な手を打ってくるだろう。

「旦那、空が明らんできやしたぜ」

孫八が空に目をやりながら言った。

見ると、東の空が鴇色《ときいろ》に染まり、上空は青さを増していた。星のまたたきもひかりを失ってきている。そろそろ払暁である。

「引き上げるぞ」

島蔵が声高に言った。

第六章　襲　撃

1

まゆみを下屋敷から助け出して、十日ほどが過ぎた。平兵衛はまゆみに、越前屋のお藤と同じように酒の酌をさせるために、攫《さら》われたと話した。

まゆみは半信半疑だったが、青柳が長屋に来て、平兵衛と同じことを言い、悪い家臣が捕らえられたことを話したので、平兵衛の説明を信じたようだった。平兵衛は青柳に、長屋に来てそうした話をするように頼んでおいたのである。

「でも、父上、どうして片桐さまと父上が助けに来てくれたのです」

青柳が帰った後、まゆみが訊いた。

酌をするために攫われたことは信じたようだったが、平兵衛や右京が屋敷内に助けに来てくれたことは、腑に落ちないようだった。

「片桐さんが、まゆみのことを心配してくれてな。いろいろ手を尽くして調べてくれのだ。それで、重江藩の下屋敷に捕らえられてることが分かったのだよ。その後、重江藩の目付筋の者が、悪い家臣の立て籠もった下屋敷に踏み込んで捕らえるという話を聞いてな。まゆみにもしものことがあっては取り返しがつかないと考え、わしと片桐さんとで頼みこんで、いっしょに屋敷にもぐり込んだわけだ」

平兵衛はもっともらしく言った。

「そうなの」

まゆみは、まだ胸に何かひっかかっているようだった。

「片桐さんは、おまえのことを思っているのかもしれんぞ。……心配のあまり、夜も眠れなかったようだからな」

平兵衛は、まゆみの耳元でささやいた。これが、まゆみの疑念を払拭させる奥の手だった。

「……」

まゆみは、ポッと顔を赤らめ、黙ってしまった。何か遠くを見るような目をして、うっとりしている。胸の底にひっかかっていた疑念など忘れてしまったようである。

「あれで、片桐さん《ひと》も隅におけん」

平兵衛が独り言のようにつぶやいた。

それから、七日ほどして、ふたたび青柳が長屋に姿をあらわした。何かあったらしく、屈託《くったく》のある顔をしていた。

平兵衛はまゆみに話を聞かせたくなかったので青柳を外に連れ出し、竪川沿いの道を歩きながら話した。

「それで、森重は罪を認めたのか」

平兵衛が先に訊いた。青柳がそのことを話しに来たのは分かっていたのである。

「それが、認めません。それどころか、小菅さまや須貝さまの非を責めて、強引に罪を着せて処罰しようとしているのです」

青柳が怒りの色をあらわにして話した。

小菅は下屋敷で捕らえた木下、宇田島、野崎に、森重の非道を白状させ、口上書を取った上で、森重の非道と悪政ぶりを藩主の茂敏に上申して、森重を処断しようとしたという。

ところが、この動きを逸早く察知した森重は、小菅より先に茂敏に会い、小菅の言うことはすべてでっち上げで、下屋敷に町の無頼漢を大勢引き連れて押し込み、大殿の警備に当たっていた藩士を斬殺したことこそ責められるべきだと訴えたそうである。

「そんなことだと、思っていたがな」

平兵衛は驚かなかった。森重は、一筋縄ではいかない男だとみていたのである。

「ところで、逃げた平沼はどうしておる」

平兵衛が訊いた。

「森重の身辺に張り付いております」

「警護か」

森重は、平沼の腕を頼りにしているのだろう。平兵衛は、平沼も斃《たお》さねばならないと思った。

「それで、安田どのに、頼みがございます」

青柳が声をあらためて言った。

「なにかな」

「本来であれば小菅さまがお会いして、お頼みすべきなのですが、容易に屋敷を出ることができませぬ」

「頼みというのは、何だ」

平兵衛は、小菅や須貝に会うまでもないと思った。それに、依頼の見当もついていたのである。おそらく、森重の暗殺であろう。

「森重さまを、ひそかに斬るつもりでおります」

青柳が声をひそめて言った。

「うむ……」

思ったとおりである。それに、頼まれずとも、平兵衛は森重を暗殺するつもりでいた。それが殺し人としての仕事であり、最愛の娘を拉致《らち》された父親の報復でもあった。

「安田さん、われらに手を貸してください」

青柳によると、五人の家臣が森重の暗殺のために動いているという。どうやら、青柳たち小菅派の同志で、森重を討つつもりのようだ。その際、平兵衛に助勢して欲しいということらしい。

「迂闊に動くと、返り討ちに遭うぞ」

平兵衛は、勝手に青柳たちに動いて欲しくなかった。

森重を討つ機会は、そう多くはないはずである。好機を逃がしたら、森重を討つことはできなくなるだろう。それに、森重は警護を厳重にしているはずで、迂闊に仕掛けると返り討ちに遭う恐れがあった。

「安田さんたちが手を貸してくれれば、森重を討つことができます」

どうやら、青柳は平兵衛たちを過信しているようだ。相手は大名の江戸家老である。殺し人には、荷の重い相手なのだ。それに、平沼という強敵も残っている。

「ともかく、森重が屋敷を出ることがあったら知らせてくれ。仕掛けられる状況なら、手を貸してもいい」

手を貸すというより、平兵衛は自分たちの手で暗殺するつもりだった。青柳たちが森重の動向を知らせてくれれば、殺しやすいだろう。

「分かりました」

「くれぐれも、森重たちに気付かれぬようにな」

平兵衛は、青柳たちが動かずに敵を油断させることが大事だと言い添えた。

青柳と別れた足で、平兵衛は神田岩本町にむかった。右京と会うためである。平兵衛は、島蔵とも相談し、殺し人の総力を上げて森重を仕留めるつもりでいた。平兵衛にくわえて、右京、朴念、孫八とで、森重を襲うのである。森重がひとりでいるところを襲う機会は、まずないだろう。屋敷から出た一行を狙うしかないのだ。そのためには人数がいる。

右京は長屋にいた。いつもと変わらぬ表情のない顔で平兵衛を迎え、茶も出せませんよ、と無愛想に言った。

「茶はいらぬ。それより、今日、青柳が来てな、その後の様子を話していったよ」

平兵衛は上がり框に腰を下ろして、青柳とのやりとりを右京に話した。

「そうですか」

右京は他人事《ひとごと》のような顔をして聞いていた。

「青柳の話によっては、その日のうちに仕掛けることになるかもしれぬ。それでな、しばらくの間、居場所をはっきりさせておいてくれんか」

平兵衛は、右京の力がなければ森重を討つのはむずかしいだろうと思っていた。

「わたしは、この長屋にいるか。表通りの一膳めし屋にいるかですよ」

「分かった」

それから、平兵衛は森重を襲う手筈を話してから腰を上げた。

「まゆみどのは、お元気ですか」

めずらしく、右京がまゆみのことを訊いた。表情のない顔が、かすかに朱を刷いている。どうやら、右京はまゆみのことを気にしていたようだ。

「お蔭で、いつものまゆみにもどったよ。……片桐さんに、長屋へ来て欲しいそうだ。助けてもらった礼が言いたいらしいな」

平兵衛は笑みを浮かべてそう言い残し、戸口の敷居をまたいだ。

2

その日、平兵衛はめずらしく研ぎ場に腰を下ろし、刀を研いでいた。近所の御家人から、暇なときに研いでくれ、と頼まれていた鈍刀《なまくら》だった。仕上げるのは、いつでもよかったのだが、気を鎮めるために仕事にむかっていたのである。

まゆみは洗濯物を持って井戸端に行っていたので、部屋のなかは静かだった。刀身を研ぐ音だけがひびいている。

半刻（三十分）ほど研いだとき、戸口に走り寄る足音がして腰高障子があいた。平兵衛は立ち上がり、仕事場をかこった屏風越しに戸口に目をむけた。

顔を見せたのは青柳である。よほど急いで来たとみえ、顔が紅潮し額に汗が浮いていた。

「どうしたな」

平兵衛は戸口に歩み寄った。

「も、森重が、屋敷を出ました」

青柳が声をつまらせて言った。

「行き先は」

「向島の下屋敷です」

青柳によると、ちかごろ森重は小菅派の動きを警戒して上屋敷を出なかったが、盛明の病が重いと聞いて、やむなく出かける気になったという。森重にとって、意のままに操れる盛明は大事な駒なのである。

「それで、警護は」

「厳重です。平沼をはじめ屈強の者が十数人。駕籠の前後をかためております」

青柳が目を剝いて言った。

「多勢だな。……それで、今夜、下屋敷に泊まるのか」

平兵衛は、場合によっては、また島蔵に手先たちを集めてもらってもいいと思った。

「それが、今日のうちに帰るらしいのです。おそらく、暮れ六ツ（午後六時）前に下屋敷を出るでしょう」

森重は、平沼から下屋敷が襲われたときの様子を聞いているはずだった。それで、夜襲をかけられぬよう、明るいうちに下屋敷を出ることにしたのであろう。

「うむ……」

まだ、四ツ（午前十時）ごろである。早く上屋敷を出たのは、下屋敷に宿泊しないためらしい。

「どうしますか」

青柳も、平兵衛と話していて明るいうちに襲うのは無理な気がしてきたのであろうか。それほど気負った様子は見られなかった。

「かえって、いいかもしれんぞ」

平兵衛は下屋敷を夜襲するより、いいかもしれないと思った。狙いは、森重の命だけである。場所と武器にもよるが、一気に駕籠を襲えば、仕留められるはずだ。

「駕籠に、森重の身代わりが乗るようなことはないのか」

小菅と同じ手を使われると、森重を取り逃がす恐れがあった。

「それは、ないはずです。駕籠での移動は日中ですし、森重は長い時間を歩くのが苦手ですから」

青柳によると、森重は上屋敷から下屋敷に行くときはかならず駕籠を使っているという。

「よし、仕掛けよう」

平兵衛は、青柳に手筈を耳打ちした。

「分かりました」

青柳が目をひからせて言った。やっと、森重を討つ機会がきたのである。

青柳が長屋を出ると、すぐに平兵衛も動いた。急いでまゆみに、研ぎの仕事で留守にすることを書き置き、竪川沿いの通りへむかった。

平兵衛はこのときのために、竪川にかかる桟橋の近くに住む船頭に相応の金を渡し、舟を出してくれるよう頼んであった。森重が下屋敷を出るまでに、仲間を集めねばならなかった。極楽屋まで歩いていたのでは間に合わないが、舟で行けばすぐである。

船頭の名は磯六《いそろく》。柳橋の料理屋に船頭として勤めていたが、足をくじいて長屋で養生していたところ、何とか舟を漕げるまでに回復していたのだ。

磯六は長屋にいた。平兵衛の姿を見ると身を起こし、

「旦那、舟ですかい」

と、訊いた。

「どうだな、仙台堀の先までだが、お旗本に刀を見てくれと頼まれてな」

平兵衛はのんびりした口調で言った。重江藩の駕籠を襲うことはむろんだが、極楽屋へ行くことも、秘匿せねばならなかったのだ。

「ようがす」

磯六はすぐに土間へ出てきた。

平兵衛を乗せた舟は、竪川から大川へ出て仙台堀へ入った。ふだん極楽屋へ行くときは、吉永町の要橋のちかくの桟橋で舟を下りるのだが、この日、平兵衛は吉永町の手前の東平野町《ひがしひらのちょう》で下ろしてもらった。吉永町まで行くと、付近にそれらしい武家屋敷はなく、磯六が不審をいだくからである。

舟から下りた平兵衛は、小走りに極楽屋へむかった。そして、極楽屋に飛び込むと、店にいた島蔵に事情を伝えた。

「後のつなぎは、こっちの仕事だ」

そう言って、島蔵は店にいた男たちを呼び集めた。

すぐに、嘉吉とふたりの男が、右京、孫八、朴念の許に走った。孫八と朴念の塒《ねぐら》は極楽屋から近かったので、すぐに姿を見せた。

午後、陽が西の空にまわってから、平兵衛、孫八、朴念、島蔵の四人が極楽屋を出て、舟で向島にむかった。槍を一本用意して、舟に乗せた。朴念が槍を使って、駕籠の森重を狙うことになっていたのである。

朴念の遣う手甲鈎は、駕籠の主を襲うのに適した武器ではなかったからだ。それに、朴念の怪力なら槍で駕籠を突き破って、なかの森重を突き刺すのも容易であろう。

島蔵は腰に長脇差を差していた。いまでこそ、極楽屋の親爺という表の顔を持った殺し人の元締だが、島蔵自身も殺し人だったことがあり、匕首や脇差を遣うのは巧みであった。

「おれも、殺し料をもらわねえとな」

と、ひとりごち、島蔵は大川の対岸にひろがる浅草の家並を睨むように見すえていた。殺し人だったころの血がたぎっているのかもしれない。

一方、右京は知らせにきた嘉吉とふたりで、岩本町の長屋から向島にむかい、平兵衛たちと合流する手筈になっていた。

孫八の漕ぐ舟は、重江藩下屋敷の裏手の掘割に入り、屋敷からすこし離れた土手際に船縁を寄せた。そこは、低い石垣になっていて舟から飛び移れば、土手を這い上がって堀沿いの通りへ出ることができる。

「ここがいいぜ。身を隠すにもいいところだ」

島蔵が土手を見上げながら言った。

土手には、葦《あし》や芒《すすき》など丈の高い雑草が繁茂していて、そのなかにもぐり込めば、姿を隠すことができた。槍を隠しておくにも都合がいい。

「下りるぜ」

そう言って、島蔵が舟から土手へ飛び移った。つづいて、平兵衛たち三人も舟から下りた。

「それじゃァあっしは、屋敷の裏手の桟橋に舟をつないできやす」

孫八だけは、そのまま舟で下屋敷の裏手にある桟橋へむかった。舟をつないでおくためである。

平兵衛たちが草藪に身を隠して、いっときすると孫八があらわれ、それからさらに小半刻ほどすると、右京と嘉吉が掘割沿いの道に姿を見せた。

平兵衛は身を隠していた草藪から出て、右京にも身を隠すように話した。ただ、嘉吉には頼みたいことがあった。

「嘉吉、大川端に行って、青柳たちが来るのを待ってくれ。姿を見せたら、わしに知らせて欲しいのだ」

「へい」

すぐに、嘉吉はきびすを返し、来た道を引き返していった。

嘉吉の姿が通りの先に遠ざかったとき、孫八が、

「旦那、持ってきやしたぜ」

そう言って、貧乏徳利を差し出した。いつものように、気を利かせて持ってきたのである。

「もらおう」

平兵衛は貧乏徳利を受け取ると、喉を鳴らして一気に五合ほど飲んだ。いっときすると、平兵衛の全身に気勢が満ち、老いた体がひとまわり大きくなったように見えた。いよいよ森重たちを仕留めるときがきたのである。

3

陽がだいぶ、西の空にかたむいてきた。そろそろ七ツ（午後四時）になろうか。森重たちが、小川町の上屋敷に帰るために、下屋敷を出るのは暮れ六ツ（午後六時）前だろうと聞いていたが、早目に下屋敷を出ないともかぎらない。

──青柳たちが間に合わなければ、わしらだけで仕掛けよう。

平兵衛がそう思ったとき、通りの先に嘉吉と青柳が姿を見せた。

青柳は草藪のなかに身をひそめている平兵衛たちのそばに来ると、

「遅れました。同志を集めるのに手間取ってしまって」

と、紅潮した顔で言った。急いで来たせいばかりでないらしい。目が殺気だっている。だいぶ、気が昂っているようだ。

「同志は何人かな」

「五人です」

一町ほど手前の樹陰に身を隠しているという。

「それだけで、じゅうぶん。駕籠を狙う者は、この場にひそんでいる。そこもとたちは、半町ほど手前に身をひそめていて、わしの声が聞こえたら仕掛けてくれ」

駕籠を襲う手筈は、すでに青柳に話してあったのだ。

「承知」

「斬り込むことはないぞ。狙いは、警護の者たちを駕籠から引き離すことだからな」

平兵衛は念を押すように言った。

「では」

青柳は小走りに味方のいる方へもどっていった。

平兵衛は、行こうか、と声をかけてその場から通りへ出た。平兵衛と同行したのは右京、孫八、嘉吉の三人である。島蔵と朴念だけが、その場に残った。

平兵衛たちの立てた作戦はこうである。

平兵衛たちが駕籠の後ろから襲い、つづいて青柳たちが前から仕掛ける。都合のいいことに、掘割沿いの道が狭いため、警護の武士は駕籠の前後に分かれて応戦しなければならない。

そこへ、ひそんでいた朴念と島蔵が飛び出し、まず槍で駕籠を突き刺す。仕留めきれずに、森重が駕籠から出てくれば、島蔵が脇差で斬りつけるのだ。朴念も島蔵も殺しの腕は確かである。為損じるようなことはないだろう。

平兵衛たち四人は、島蔵たちがひそんでいる場所から半町ほど離れた笹藪のなかに身を隠した。

掘割沿いの通りは、ときおり駕籠を担いだ百姓や行商人らしい男などが通ったが、陽が浅草の家並のむこうに沈みかけると、人影が途絶えて寂しさを増した。足元から掘割の流れの音だけが聞こえてくる。

「旦那、来やすぜ！」

笹藪から首を伸ばして下屋敷の方に目をやっていた嘉吉が、声を殺して言った。

見ると、十数人の一行が見えた。駕籠の前後に護衛の藩士がついている。遠目にも、屈強の武士たちであることが知れた。駕籠は、大名の家老や御留守居役に使われる御留守居駕籠である。

駕籠の一行は、ひそんでいる平兵衛たちの笹藪の前を通り過ぎていく。駕籠の前に七人、後ろに六人。平沼は先棒のすぐ前にいる。駕籠のすぐ脇にもふたりいた。名は分からないが厳《いか》めしい風貌の武士である。

一行はひそんでいる平兵衛たちには気付かず、そのまま通り過ぎた。その駕籠が、島蔵たちのひそんでいるそばまで進んだとき、

「行くぞ！」

と一声上げて平兵衛が笹藪から飛び出した。

つづいて、右京、孫八、嘉吉の三人が通りへ出た。孫八と嘉吉は匕首を手にしていたが、護衛の藩士たちとやり合うつもりはなかった。頭数を多く見せるために、平兵衛と右京の後についたのである。

「森重を討て！」

平兵衛は抜刀し、大声を上げた。青柳たちへの仕掛けの合図であった。

「狼藉者《ろうぜきもの》！」

駕籠の後方にいたひとりが叫び、護衛の藩士たちが振り返った。すぐに行列がくずれ、駕籠がとまった。

敵襲！

迎え撃て！

敵は小勢だ！　などという声がひびき、十人ほどの武士が駕籠の後方へまわった。

平兵衛たちを迎え撃つつもりらしい。

そのとき、前からも敵だ！　挟み撃ちだ！　などという叫び声が聞こえ、護衛の武士たちに動揺がはしった。青柳たちが駆けつけたらしい。駕籠の行列が乱れ、なかには駕籠から離れて前方に飛び出した者もいた。

後方から駆け付けた平兵衛と右京は、駕籠からすこし離れた場所で足をとめ、左右に並んで立った。道幅が狭いので、こうして立てば、背後や左右にまわられることはないのだ。敵の人数が多くとも、常にひとりの敵と対していられる。

「かかってこい！」

平兵衛は挑発するように声を上げた。警護の藩士を、すこしでも駕籠から離したかったのである。

「安田と片桐か」

巨軀の平沼が平兵衛たちの前に出てきた。顔が憤怒で赭黒《あかぐろ》く染まっている。

「平沼、また、逃げだすつもりか」

平兵衛が揶揄《やゆ》するように言った。

「おのれ！　今日こそ、始末してくれる。やれ！　遣えるのは、ふたりだけだ」

平沼が怒りの声を上げると、数人の藩士が駕籠から離れ、平沼とともに平兵衛たちに近寄ってきた。

「さア、来い！」

平兵衛は逆八相に構えた。

右手に立った右京は、肩に刀身をかつぐように低い八相に構えていた。ほとんど表情はかわらない。双眸だけが、射るように近付いてくる藩士たちを見すえている。

一方、前方でも青柳たちと護衛の藩士たちの間で斬り合いが始まったらしく、甲高《かんだか》い気合や刀身のはじき合う音などが聞こえた。ただ、大勢で斬り合っている様子はなかった。青柳たちも、警護の藩士たちを駕籠から離すために切っ先を合わせながら退いたからである。

この様子を、草藪のなかで見ていた朴念と島蔵が槍と長脇差を手にして、いきなり通りへ飛び出した。

このとき、駕籠の先棒と後棒のそばにふたりの警護の武士がいた。それに、陸尺が四人、駕籠からすこし離れた路傍に怯えた顔で屈み込んでいる。

駕籠のそばにいた六人の男は、草藪から突然飛び出してきた大柄な男ふたりに、目を剝いた。一瞬、息を呑み、声も出なかった。何か、大きな獣でも飛び出してきたと錯覚したのかもしれない。

が、ひとりの武士がすぐに襲撃者と気付き、狼藉者！　と叫びざま、手にした刀を振り上げて朴念の行く手をはばもうとした。

しかし、朴念の動きの方が迅《はや》かった。巨体だが、動きは人並みはずれて敏捷《びんしょう》である。

「命はもらった！」

叫びざま、朴念が槍で駕籠を突き刺した。凄まじい刺撃である。槍は駕籠を貫き、槍穂が向こう側へ突き抜けた。

ギャッ、という絶叫が駕籠のなかでおこり、大きく駕籠が揺れた。

そこへ警護の武士が踏み込み、

「おのれ！」

と叫び、朴念に斬りつけた。

間一髪、朴念は槍を手から離し、後ろへ跳んだ。武士の切っ先が朴念の着物の肩先を裂いたが、肌まではとどかなかった。

朴念といっしょに飛び出した島蔵は、駕籠に槍が突き刺さったのを見たが、さらに念を入れて、脇差を駕籠に突き込んだ。肉に突き刺さる重い感触があり、低い呻き声がかすかに聞こえた。見ると、駕籠の脇から血が流れ出ている。

もうひとり、駕籠のそばにいた武士が島蔵の脇へ来て、切っ先をむけたが、島蔵は振り向きもしなかった。

——森重は仕留めたぜ。

島蔵は確信した。

長居は無用だった。島蔵は大きく後ろへ飛びすさり、

「殺《や》ったぞ！」

と叫ぶなり、土手へ駆け下り、草藪のなかを桟橋のある方へ突き進んだ。

朴念も土手へ飛び下り、島蔵の後を追った。

駕籠のそばにいたふたりの藩士は、朴念と島蔵の後を追わなかった。すぐに、駕籠の畳表を上げて森重に声をかけたが、返事はなかった。

島蔵の声で、平兵衛と対峙していた平沼の顔がひき攣《つ》ったようにゆがんだ。動揺しているらしく、平兵衛にむけられた切っ先が震えている。

他の藩士は、さらに動揺が激しかった。まともに刀を構えている者はいなかった。逃げ腰になっている者、蒼ざめた顔で後じさる者、悲痛な叫び声を上げて駕籠の方へ走り寄る者など、いずれも戦意を失い、統率も乱れていた。

4

「平沼、娘たちの恨みの一刀、受けてみよ」

言いざま、平兵衛は虎の爪の逆八相に構えた。

「三浦たちの敵を討ってやる」

平沼は剣の手練らしく己の動揺を鎮め、あらためて青眼に構えなおした。

切っ先が、平兵衛の目線にぴたりとつけられている。腰の据わったどっしりとした構えだった。その巨軀とあいまって、巌《いわお》で押してくるような威圧がある。

両者の間合は、およそ四間。

イヤアアッ！

突如、平兵衛は裂帛の気合を発しざま、疾走した。獲物に迫る猛虎を思わせるような果敢で迅速な寄り身である。

平兵衛は一気に斬撃の間境に迫ると、逆八相から真っ向へ斬り込む気配を見せた。

刹那、平沼が仕掛けた。平兵衛の威圧に押されたのである。

タアッ！

短い気合を発しざま、青眼から真っ向へ。

するどい斬撃だったが、平兵衛はこの斬撃を読んでいた。

逆八相から刀身を撥ね上げて敵の斬撃をはじき、峰をかえして袈裟に斬り落とした。

一瞬の流れるような虎の爪の太刀捌《さば》きである。

次の瞬間、平兵衛の刀身は、平沼の右肩から左の脇へぬけた。凄まじい斬撃である。

グワッ、という獣の吼《ほえ》るような絶叫を上げ、平沼の巨軀がのけ反った。肩口から、血が驟雨のように噴出し、瞬く間に上半身を血で染めていく。

平沼は血を撒きながらよろめいたが、何かに爪先を当てて前につんのめるように倒れた。

地面に腹這いになった平沼は、平兵衛から逃れようとして片腕と足で這ったが、身を起こすこともできずに前につっ伏した。猛獣が唸るような声を洩らし、もがいている。肩口から流れ落ちた血が、地面を赤く染めていく。

肩口のひらいた傷の間から、切断された鎖骨が白く覗いていた。それが、猛獣の爪のように見える。

いっとき、平沼は四肢を痙攣させていたが、伏臥したまま動かなくなった。絶命したようである。

「右京、平沼は仕留めた。長居は無用」

平兵衛はかたわらにいた右京に声をかけると、後じさりしてから反転した。襲撃の目的は達したのである。

「承知」

右京は護衛の藩士に切っ先をむけていたが、間合を取ると、すぐに平兵衛の後につづいた。右京もひとり斃《たお》したらしく、路傍に横たわっている藩士の姿が見えた。孫八と嘉吉は、すでに平兵衛の先を走っている。

青柳たちも、島蔵の声を聞いて逃走したらしく、戦いの音は聞こえなかった。

警護の藩士たちは、だれも平兵衛たちを追わなかった。呆然と佇《たたず》む者、駕籠へ走り寄る者、傷を負った藩士を助け起こそうとする者……。悲痛な声と負傷者の呻き声が、淡い暮色のなかに聞こえていた。

平兵衛たちは、舟をつないである桟橋へ走った。土手を下って桟橋に立つと、平兵衛は足をとめて荒い息を吐いた。

「は、走るのは、きつい！」

平兵衛が肩で息しながら言った。歳のせいか、走るとすぐに息が上がるのだ。

島蔵と朴念の姿がなかったので、平兵衛は胸の動悸が収まるまで、桟橋に立って待つことにした。右京もそばに立って、土手の草藪に目をやっていた。嘉吉と孫八は、すでに舟に乗り込んでいる。

いっとき待つと、草藪を掻き分ける音がし、島蔵と朴念が姿をあらわした。大柄な男がふたり、丈の高い草を分けて出てきた姿は二頭の熊のようであった。

「どうしたのだ、その顔は」

平兵衛が呆れたような顔をして訊いた。

ふたりともひどい顔をしていた。蘆荻《ろてき》のなかを掻き分けてきたせいであろう。ふたりの顔は、ひっ掻き傷だらけだった。

「ヘッヘ……。森重のやろう、串刺しにしてやったぜ」

朴念が鼻の下を太い指で擦りながら言った。

「うまくいったようだ」

青柳たちの様子は分からなかったが、味方に手傷を負った者はいなかったし、狙いどおり森重と平沼を仕留めることができたのだ。

「極楽屋へ帰《けえ》って、一杯やりやしょう。舟に乗ってくだせえ」

艫《とも》に立った孫八が、平兵衛たちに声をかけた。

平兵衛たちが乗り込むと、孫八はすぐに舟を出した。夕闇につつまれた掘割の水面を、舟はすべるように大川へむかっていく。

5

「右京さまは、お強いんですね」

まゆみが、俯いたまま小声で言った。いつの間にか、呼び方が片桐さまから右京さまに変わっている。向島の下屋敷で右京に助け出されてから、まゆみと右京の間にあった垣根がひとつ取り払われたようである。

これまで、まゆみは恥ずかしがって右京のそばにも座れなかったのに、今日は平兵衛と右京に茶を淹れた後、自分から右京の脇に来て座ったのである。

「いや、夢中で刀を振りまわしただけですよ」

右京は他人事のような顔をして言った。

まゆみは平兵衛たちに助けられた後、長屋の女房連中から、向島の重江藩の下屋敷に何者かが押し入って斬り合いになり、何人かの藩士が斬られたらしい、との噂を耳にしていた。そして、まゆみは、わたしを助けるために、右京さまは人攫い一味と斬り合いになったのだ、と勝手に思い込んでいたのである。

「わしもそうだが、死ぬ気で立ち向かうと、何とかなるものだよ。……ただ、片桐さんもわしも、斬ったりしなかったぞ。いっしょに踏み込んだ重江藩の家臣が、斬ったらしいな」

平兵衛は、うまくごまかした。事情はどうあれ、平兵衛や右京が藩邸に押し入って家臣を斬り殺したことは、まゆみに知られたくなかったのである。

「あたしのために、あぶない目に遭ったんですね」

まゆみは右京を見つめながら、何かお礼をしたいけど、と小声で言い添えた。

「いつも、おいしい茶をいただいてますので、それでじゅうぶんです」

そう言って、右京は湯飲みをかたむけた。平兵衛がいる手前、右京はまゆみに対する思いをまったく表に出さなかった。

そのとき、戸口で足音がし、腰高障子があいて青柳が顔を出した。

「片桐どのもお見えでしたか、ちょうど、よかった」

青柳は、上がり框に腰を下ろしている右京を見て言った。何か話があって来たらしい。

「刀の話なら、表で聞きましょうかね。ここは、狭いし」

平兵衛は、すぐに立ち上がった。この場で話して、まゆみに聞かせるわけにはいかなかったのである。

「わたしも、これで失礼しましょう」

右京も腰を上げた。

まゆみは眉宇を寄せて寂しそうな顔をしたが、何も言わずに立ち上がった。

青柳と平兵衛が先に出て、右京がつづいた。その右京の後ろについたまゆみが、

「右京さま、また、来てください」

と、右京にだけに聞こえるちいさな声で言った。ふたりだけに通ずる声で、まゆみは右京に対する思いを伝えようとしたのである。

「ちかいうちに、寄らせていただきます」

右京も小声で答えた。右京もまた平兵衛にはとどかぬ声で言い、そのやりとりで、ふたりの胸の内を確かめ合ったのである。

外は初秋の陽射しに満ちていた。腰高障子の陰で、まゆみが去っていく右京の背を見送っていた。右京は何食わぬ顔をして、平兵衛に跟《つ》いていく。

平兵衛たち三人は路地木戸を出てから、竪川沿いの通りを大川方面にむかって歩いた。

「それで、何かあったのかな」

平兵衛が、青柳に訊いた。

「はい、殿が森重たちの非道と失政を認め、小菅さまに後の始末をつけるよう仰せになりました」

向島で、平兵衛たちが森重を討ちとってから半月ほど過ぎていた。この間に、重江藩は下屋敷にかかわる騒動を伏せて、森重は病死として公儀にとどけていた。公儀も深くは詮索しなかったようである。幕政にかかわるような事件ではなかったし、幕閣も一大名の騒動に深入りすることを嫌い、藩の内済で処理させたい気持ちがあったようだ。

「始末とは」

平兵衛が訊いた。

「森重に与した者たちの処罰です。まだ、何人もの重臣が残っております」

青柳によると、沙汰は藩主、茂敏の名で下されるが、実質的には小菅の手にゆだねられるだろうという。

「此度《こたび》の事件の始末がつけば、小菅さまが江戸家老になられるはずです」

青柳が言い添えた。

「それはなによりだが、ところで、そこもとは」

青柳は、藩に御暇を願い出て、いまは牢人の身のはずである。

「帰参できることになりました」

青柳が嬉しそうに言った。

小菅が逸早く茂敏に青柳の帰参を願い出、すぐに許されたという。そればかりか、藩のために命を賭して森重たちと戦ったことで、お褒《ほ》めの言葉をいただいたそうである。当然、小菅から、そのような内容の上申がなされたのであろう。

「よかったではないか」

平兵衛にすれば、重江藩のことはどうでもよかったが、共に戦った青柳のことは気になっていたのだ。

「実は、その後の報告がてら、安田どのと片桐どのに願いの筋があって来たのです」

ふいに、青柳が足をとめ、声をあらためて言った。

「願いとは」

平兵衛と右京も足をとめた。

「それがし、江戸勤番を願い出て許されました。此度の騒動でおふたりの剣の精妙に触れ、驚嘆いたしました。それで、江戸で剣の修行をつづけたいと思い立った次第なのです」

青柳は顔を紅潮させ、目をかがやかせて言った。

「いいことだが……」

思わぬ展開に、平兵衛は言葉につまった。

「それで、安田どのと片桐どのの弟子にしていただきたいのです」

青柳がふたりを交互に見ながら声を強くして言った。

「わしらの弟子に……」

それは困る。殺し人であることを秘匿し、刀の研ぎ師として剣術などには縁のない暮らしをしてきたのである。弟子に剣術を指南するなど、とんでもないことである。

そんなことをすれば、殺しの稼業からも足を洗わなければならない。

右京を見ると、他人事のような顔をしていた。

「なにとぞ、それがしを弟子に」

青柳は地面に膝を折りかねない様子である。

ここは、人通りの多い道である。そんなことをされれば、人だかりができる。

「江戸で、剣術を身につけたいのだな」

そのとき、右京がすずしい顔で言った。

「はい、なんとしても」

青柳が意気込んで言った。

「ならば、それなりの道がある」

「道とは」

「江戸には名のある剣術の流派がいくつもあり、それぞれ門戸をひらいている。そこで、修行するのが上達の近道なのだ。わたしも安田さんも、その道を歩んで来たわけだ」

右京は、神道無念流《しんとうむねん》、北辰一刀流《ほくしんいっとう》、鏡新明智流、心形刀流《しんぎょうとう》などの流名を挙げ、さらに道場名と所在地を話した。

「江戸にいて剣術を学ぶには、藩邸と近い道場がいいのではないかな」

右京はもっともらしい顔をして言い添えた。

青柳は真剣な顔をして右京の話を聞いていたが、

「分かりました。それがしも、道場に通うことにします」

と、声を大きくして言った。

「それがよいな」

平兵衛は、ほっとした。

それにしても、右京の話には説得力があった。ふだんは、無口で何を考えているのか分からないような男だが、剣術だけでなく話術も達者なようだ。

――まゆみも、この話術で口説かれたのかもしれんぞ。

平兵衛は、右京の横顔を見ながらつぶやいた。ただ、すこしも嫌な気はしなかった。右京が誠実で心の優しい男であることは、分かっていたからである。

鬼、群れる

一〇〇字書評

切り取り線

購買動機（新聞、雑誌名を記入するか、あるいは○をつけてください）

- □（　　　　　　　　　　　　　　）の広告を見て
- □（　　　　　　　　　　　　　　）の書評を見て
- □ 知人のすすめで
- □ タイトルに惹かれて
- □ カバーがよかったから
- □ 内容が面白そうだから
- □ 好きな作家だから
- □ 好きな分野の本だから

●最近、最も感銘を受けた作品名をお書きください

●あなたのお好きな作家名をお書きください

●その他、ご要望がありましたらお書きください

住所	〒				
氏名		職業		年齢	
Eメール	※携帯には配信できません		新刊情報等のメール配信を 希望する・しない		

あなたにお願い

この本の感想を、編集部までお寄せいただけたらありがたく存じます。今後の企画の参考にさせていただきます。Eメールでも結構です。

いただいた「一〇〇字書評」は、新聞・雑誌等に紹介させていただくことがあります。その場合はお礼として特製図書カードを差し上げます。

前ページの原稿用紙に書評をお書きの上、切り取り、左記までお送り下さい。宛先の住所は不要です。

なお、ご記入いただいたお名前、ご住所等は、書評紹介の事前了解、謝礼のお届けのためだけに利用し、そのほかの目的のために利用することはありません。またそのデータを六カ月を超えて保管することもありませんので、ご安心ください。

〒一〇一-八七〇一
祥伝社文庫編集長　加藤　淳
☎〇三（三二六五）二〇八〇
bunko@shodensha.co.jp

祥伝社文庫

上質のエンターテインメントを！　珠玉のエスプリを！

祥伝社文庫は創刊15周年を迎える2000年を機に、ここに新たな宣言をいたします。いつの世にも変わらない価値観、つまり「豊かな心」「深い知恵」「大きな楽しみ」に満ちた作品を厳選し、次代を拓く書下ろし作品を大胆に起用し、読者の皆様の心に響く文庫を目指します。どうぞご意見、ご希望を編集部までお寄せくださるよう、お願いいたします。

2000年1月1日　　　　祥伝社文庫編集部

鬼《おに》、群《む》れる　闇《やみ》の用心棒《ようじんぼう》　長編時代小説

平成20年10月20日　初版第1刷発行

著者　鳥《と》羽《ば》亮《りよう》

発行者　深澤健一

発行所　祥《しよう》伝《でん》社《しや》

東京都千代田区神田神保町3-6-5
九段尚学ビル　〒101-8701
☎03（3265）2081（販売部）
☎03（3265）2080（編集部）
☎03（3265）3622（業務部）

印刷所　萩原印刷

製本所　関川製本

造本には十分注意しておりますが、万一、落丁、乱丁などの不良品がありましたら、「業務部」あてにお送り下さい。送料小社負担にてお取り替えいたします。

Printed in Japan
©2008, Ryō Toba

ISBN978-4-396-33461-1　C0193

祥伝社のホームページ・http://www.shodensha.co.jp/

祥伝社文庫・黄金文庫　今月の新刊

佐伯泰英　眠る絵
佐伯泰英渾身の国際サスペンス、待望の文庫化。

森村誠一　恐怖の骨格
山岳推理の最高峰！　幻の谷に閉じ込められた8人の運命は!?

南　英男　真犯人《ホンボシ》　新宿署アウトロー派
新宿で発生する凶悪事件に共通する〝黒幕〟を炙り出す刑事魂

藍川　京　柔肌まつり
魔羅不思議！　全国各地飛び回り、美女の悩みを「一発」解決

田中芳樹　黒竜潭異聞
田中芳樹が贈る怪奇と幻想の中国歴史奇譚集

鳥羽　亮　鬼、群れる　闇の用心棒
父として、愛する者として、老若の〝殺し人〟が鬼となる！

小杉健治　まやかし　風烈廻り与力・青柳剣一郎
非道の盗賊団に利用された侍が剣一郎と結んだ約束とは？

藤井邦夫　逃れ者　素浪人稼業
その日暮らしの素浪人・矢吹平八郎、貧しくとも義を貫く

睦月影郎　寝とられ草紙
「さあ、お前も脱いで。教えて…」純朴な町人が閨の指南役に!?

山村竜也　本当はもっと面白い新選組
大河ドラマの時代考証作家が暴く、誰も書けなかった真の姿

小林智子　主婦もかせげる　アフィリエイトで月収50万
ノウハウだけじゃ、ありません！　カリスマ主婦、待望の実践論

R.F.ジョンストン　完訳　紫禁城の黄昏（上・下）
「岩波」が封殺した、歴史の真実！　日本人の〝中国観〟が、いま覆る